김병종金炳宗

1953년 전북 남원 출생. 서울대 미대와 동대학원에서 회화(동양화)를 전공했다. 서울, 파리, 시카고, 브르셀, 도쿄, 바젤 등지에서 20여 회의 개인전을 가졌다. 피악FIAC, 바젤BASEL, 시카고CHICAGO 등 10여 회의 국제 아트페어와, 광주 비엔날레, 베이징 비엔날레, 인디아 트리엔날레 등에 참여했다. 대한민국 문화예술상, 미술기자상, 선미술상, 대한민국 기독교 미술상 등을 받았다. 대영박물관, 온타리오미술관, 국립현대미술관 등에 작품이 소장되어있다. 문학청년이던 대학 시절, 〈동아일보〉, 〈중앙일보〉 신춘문예에 당선했고, 유가 예술 철학 연구로 철학 박사 학위를 받았다. 서울대 미대학장, 서울대 미술관장 등을 역임했으며, 현재 서울대 미대 교수로 있다.

김병종의 모노레터

김병종의 모노레터

화첩기행 네 번째

김병종 지음

효형출판

국립중앙도서관 출판시도서목록(CIP)

김병종의 모노레터 = mono letter / 글 · 그림 : 김병종. -- 파주 :
효형출판, 2006
   p. ;   cm

ISBN 89-5872-036-0 04810 : ₩15,000
ISBN 89-5872-010-7(세트)

816.6-KDC4
895.765-DDC21   CIP2006002598

아우 보게나. 맹하지절孟夏之節에 가내 두루 평안한가. (…) 시절이 뒤
숭숭하니 출입에 각별히 주의하고….

20년 나이 차가 있는 가형家兄에게서 온 편지를 읽다 웃는다. '시
절이 뒤숭숭하다'는 말이 북한 핵 문제 같은 현안 이야기가 아니라
는 점을 알기 때문이다. 내가 고등학교를 다닐 때부터 형의 편지에
는 늘 이 문구, '시절이 뒤숭숭하니'라는 말이 빠지지 않았다. 학생
운동이 격렬하던 시기 대학 생활을 보냈을 때, 이 문구가 적힌 편지
는 더더욱 자주 하숙집에 도착하곤 했다.

초등학생 때 부친이 돌아가신 후 나는 거의 형의 훈육을 받으며
자랐는데, 같이 살던 동안에도 마주보고 이런저런 가르침을 주기보
다 이런 식으로 편지에 하고 싶은 얘기를 적어 보내곤 했다. 예나 지
금이나 굵은 만년필로 쓴 그 편지는 각별히 소중하고 정겹게 느껴진
다. 비슷비슷한 내용이라도 형의 편지를 받으면, 편지지를 가만히
내려다보며 그 호흡과 체취를 느끼게 된다.

이른바 '디지털 시대'에 친필로 쓴 편지를 받기란 여간 어렵지

않다. 크리스마스 무렵이면 거실 장식장 위에 가득 세워지던 제자들의 카드는 뻐꾸기 소리와 함께 휴대 전화 속으로 날아오는 한 줄 인사로 바뀌었다. 지인들 소식도 거의 컴퓨터를 통해 들어오며, 고집스럽게 육필肉筆을 고집하던 몇몇 사람마저 하나둘 컴퓨터로 안부를 전해온다.

하지만 세상에는 차갑고 푸르스름한 모니터를 보고 있노라면 머릿속의 문장마저 달아나버리는 나 같은 사람도 있다. 더욱이 나는 편지글 읽기를 좋아해서, 공식적인 언어의 옷을 벗어버린, 그래서 더욱 내밀한 편지 속 육성을 들으면 그 존재의 무게가 가슴 깊이 느껴지곤 한다. 한 개인의 일상과 고뇌와 고백을 듣는 황홀한 경험을, 편지는 전해주는 것이다.

이 책은 2000년 '신新화첩기행'이라는 이름으로 신문에 연재한 글 가운데 가려 뽑은 것이다. '여행기'지만 형식을 편지글로 썼다. 만년필로 눌러쓴 편지에 우표를 붙여 보내는 이 고전적인 형식이야말로, 내가 평소에 쓰고 싶었던 편지글 형태였던 것이다. 이제는 지상을 떠나간 예인藝人으로부터 시작해 정겹고 때묻은 시간과 장소에 대고 나는 사방으로 이 편지글을 날렸다. 외로움이 깊을수록 독백 같은 편지의 횟수도 늘어났다.

이 글을 쓰고 있는 지금, 내 방에는 채 풀지 못한 짐이 손님처럼 덩그러니 서있다. 쿠바와 페루 여행에서 돌아오자마자 펜을 잡은 탓이다. 40대 중반에 시작한 나의 화첩기행은 50대 중반에 접어든 이 나이까지 계속되고 있다. 이제 마감함직도 하지만 여행을 좋아하고 예인의 뒷자리를 좇으려는 열정이 식지 않는 한, 10년 어쩌면 20년 뒤까지 계속 이어질지도 모르겠다. 모든 것이 빠르게 변하고 있지만 화첩에 쏟은 내 열정만은 변함 없다. 변하기는커녕 더욱 파랗게 불을 지피며 타오르려 함을 느낀다. 나도 신기할 정도로.

우표 없는 편지나 다름없는 이 책은 얼굴은 알 수 없지만, 여전히 뜨겁게 사랑하며 살아가는 이들에게 건네는 나만의 따뜻한 위안이다. 하지만 인생살이가 그렇듯 이 편지에는 비보悲報 또한 담겨있다. 너무 빠른 문명의 속도가 종종 오래고 소중한 것들의 자리를 앗아가는 탓이다. 그러한 부재不在를 편지로 전하는 것은, 유한한 인간이 시간에 저항할 힘이 오직 '기억'뿐임을 알기 때문이다. 다만 부족한 글과 그림은 그러한 내 마음이 성급한 탓으로 돌려주기 바란다. 이 스산한 시절에도 글 쓰고 그림 그리도록 내 삶을 열어주신 하나님께 감사드린다.

2006년 겨울의 문턱에서

金炳燾.

| 차례 |

편지를 보내며 5

미치다 赤적

음지 綠녹

바람 白백

닫다 黑흑

미치다 赤적

미칠 것 같은 갈망과 안타까운 손짓으로만

겨우 닿을 수 있는 땅.

그곳에 사는 여인들에게 보내는

붉은빛 찬가.

육신을 허물고 혼불로 타오른 푸른 넋
최명희

간혹 그런 날이 있습니다. 한낮인데도 천지가 어두움에 싸이는 날. 구름은 음산하게 몰려다니고 짐승 같은 바람의 울음이 거리를 핥고 가는 날. 시간의 불연속선 속에서 밤과 낮이 뒤집혀버린 듯한 느낌이 드는 날이.

가을 어느 날, 광화문에서 마지막으로 소설가 최명희를 만나던 날이 그랬습니다. '마지막으로'라는 것은 신문의 신춘문예 시상식장에서 그녀와 처음 만난 뒤 어언 20여 년 만이었기 때문입니다. 나보다 5~6년 연상의 선배였지만 예禮를 흐트러뜨리는 법이 없는 여인이었습니다. 그녀의 병이 깊어 일절 외부 연락을 끊어버린 지 실로 일 년 만의 외출이었습니다. 모처럼 점심을 함께하기로 하였지만 그녀는 거의 수저를 들지 않았습니다. 간혹 내 어깨 뒤로 창밖을 할퀴는 사나운 바람을 바라볼 뿐이었습니다.

종택宗宅 **마당**에서 '우리가 인간의 본원적 고향으로 돌아갔으면 한다'고 말하던 최명희. 푸른 개구리와 붉은 볏의 수탉이 있는 남원 노봉 마을 고택의 마당이야말로 그녀가 돌아가고 싶어 했던 마음속 그곳이 아니었을까.

식사 후 예전에 그녀가 잘 갔다는 압구정동의 한 찻집으로 갔습니다. 텅 빈 그곳에서는 에디트 피아프(Edith Piaf, 프랑스의 샹송 가수)의 쉰 목소리가 혼자 울리고 있었습니다. 앞으로 《혼불》을 이어갈 계획에 대해 나는 마치 신문 기자처럼 물었고 그녀는 몇 가지 구상을 이야기했습니다.

노래가 레오 페레(Léo Ferré, 프랑스의 샹송 가수·작곡가)인가로 바뀌었을 무렵 우리는 일어섰고 내가 찻값을 냈습니다. 그녀는 잠시 낭패한 듯한 표정으로 있다가 "이담엔 내가 꼭 살게요."라고 했습니다. "이담에 언제요?"라고 했더니 그녀가 웃으며 대답했습니다. "겨울 되기 전? 아니 내년 봄쯤일지도 몰라. 걱정 마요. 꼭 살게요."

찻집을 나오는데 샹송 가수의 노랫말이 명주 고름처럼 발에 감기었습니다. 아마 이런 뜻이었던 것 같습니다.

시간과 함께 모든 것은 가버린다네….
가버린다네, 모든 것이 시간과 함께….

그 후 얼마인가 최명희의 부음訃音을 받았습니다.
싸르락싸르락 눈발이 날리던 저녁이었습니다. 수화기 저편에서 건조한 목소리 하나가 나보고 조사弔詞를 읽어달라고 했습니다. 그때 나는 막 모스크바 여행에서 돌아온 참이었습니다. 하얀 설원처럼 하얀 환각 같은 것을 경험한 느낌이었습니다.

유난히 깔끔하고 결벽하던 그녀가 그만 내게 했던 차 한 잔의 약속을 지키지 못하고 가버렸습니다. 죽음의 길 떠나는 이마다 오늘이 아니면 안 되겠다는 듯이 가는 것이지만, 그녀 또한 차갑고 단호하게 그 길로 가버렸습니다. 소신공양(燒身供養, 자기 몸을 태워 부처에게 바침)하듯 17년 세월 동안 《혼불》 열 권을 쓰고 마침내 종생終生에 이른 것입니다.

"선생님, 소설이라는 것이 그토록 뼈를 삭이고 육신을 허물어내며 쓰는 것이라면, 그 짓 누가 하겠습니까?" 하고 항의하듯 물은 적이 있었습니다. 그때 그녀는 "내가 좀 못나서 그렇지요." 하고 웃고 말았습니다.

생전에 그녀는 유난히 고구려 벽화에 관심이 많았습니다. 아니, 벽화를 그린 이름 없는 화공에 대한 관심이었습니다. 이름도 빛도 없이 오직 바위와 대화하고 그 바위 위에 혼을 새겨넣는 화공에게 자신을 투영한 듯했습니다. 《혼불》 1권을 쓰고 났을 때였습니다. 그녀는 힘없이 내 작업실에 전화를 걸어왔습니다.

"어쩌면 신문에 월평 하나 써주는 사람 없죠?"

평론가들 말이었습니다. 나는 위로랍시고 이런 말을 했습니다.

"원래 벽화를 그린 화공을 닮으려던 것 아니었던가요. 화공을 알아주는 사람 없었건만 벽화는 아직도 살아 빛을 발하지 않나요? 걱

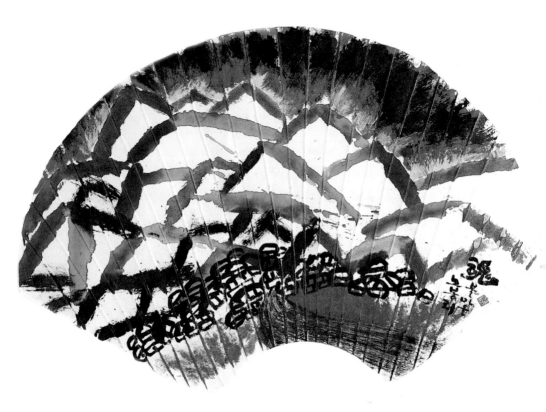

혼불 마을 풍악산 끝자락에 자리한 《혼불》의 무대로, 첩첩산중에 격리된 오지의 반촌班村이다. 아랫마을 타성받이들과 경계를 이뤄살던 양반가의 후예는 문전옥답을 내놓아 마을을 지켜가고 있다.

정 마세요. 《혼불》도 그럴 겁니다."라고.

　내 말은 결국 적중하였지만, 작가의 육신은 이미 서서히 삭아내리고 있었습니다.

　내가 알기에 최명희는 한번씩 남몰래 통곡을 하곤 하였습니다. 문학과 삶의 모든 한恨을 흘려보내는 제의祭儀와 같은 것이었습니다. 통곡했다 하면 두세 시간씩을 홀로 울었습니다. 그 긴 울음의 제의를 끝내고 나면, 청암 부인의 넋이 씌우고, 강실이의 넋이 씌우고, 강모의 넋이 씌우는 것 같았습니다. 긴 울음 이후에 비로소 비처럼 눈처럼 내려오는 언어를 오롯이 받아 적는 것입니다.

　그래서 《혼불》을 쓰는 동안 그녀는 거의 눈물로 바쁜 나날이었습니다. 소설 속 인물들의 넋이 파란 힘줄이 돋아난 최명희의 오른손을 잡고 최명희의 만년필로 하여금 자기들 사연을 구술하도록 했습니다. 구술시킬 뿐 아니라 끝내 손을 내밀어 요구했습니다. 그 목숨까지 내놓으라고. 그렇게 해서 하나의 문학이 이루어지는 것이라면 문학, 그건 참 소름 끼치는 일입니다.

　나는 지금 소설의 무대가 된 남원의 혼불 마을을 찾아갑니다. 푸른 들길로 철로가 이어진 작은 '서도역書道驛'을 지나자, 풍악산 날줄기에 매어달린 것 같은 노봉 마을이 보입니다. 50년 전만 해도 밤이면 산을 건너가는 늑대 울음이 예사로이 들리곤 했다는 곳입니다. 소설 속에서처럼 근친 간의 슬픈 사랑이 일어났을 법도 하게, 50여

호의 마을은 산으로 겹겹이 둘러싸였습니다.

최명희는 부친의 생가가 있던 이곳을 무대로, 벽화를 그린 장인처럼 손가락으로 바위를 파듯 소설을 써놓고 기진하여 떠나버렸습니다. 서풍西風이 광풍狂風 되어 몰아치고 소중한 것들이 덧없이 내몰리는 이 즉물적卽物的인 시대에도, 어딘가에서는 우리네 소중한 한국혼의 불이 타오르고, 또 타올라야 한다는 것을 일깨우고 가버렸습니다. 《혼불》의 감동이 하도 커서 환쟁이 형편이지만 어떤 잡지에 독후감 비슷한 평을 쓴 적이 있습니다. 아마 《혼불》 1권이 나오고 났을 때였을 것입니다.

"소설이라면 이 한 권으로 족하다."

그 글을 읽고 어린아이처럼 기쁨에 겨워 전화를 해왔던 사람. 그이가 혼불 마을을 찾아온 나를 저만치서 깜짝 반가워하여 맞을 것만 같습니다. 그러나 이제 소설은 남고 작가는 떠났습니다.

고개 들어 풍악산을 바라보았을 때였습니다. 내 눈에 얼핏 마을을 휘돌아 떠나가는 혼불 하나를 본 듯도 하였습니다. 그것은 청암부인의 것도, 강모나 강실이의 것도 아닌, 바로 최명희의 '혼불'이었습니다.

최명희

崔明姬, 1947~1998

1980년 〈중앙일보〉 신춘문예에 단편 〈쓰러지는 빛〉이 당선되어 등단하고서, 이듬해 〈동아일보〉 장편소설 공모전에 《혼불》(1부)을 발표하면서 문단의 주목을 받았다. 18년간 온 힘을 다해 쓴 《혼불》(전 10권)은, 개화기와 일제강점기를 거쳐 현대에 이르는 종가宗家의 이야기를 방대하고 경이로운 문화사적 궤적으로 완성한 역작이다.

근대사의 격랑 속에서도 전통적 삶을 지켜나간 양반과, 평민의 고난과 애환을 생생하게 묘사했으며, 호남의 혼례와 상례 의식, 전래 풍속 등을 세밀하게 담아냈다. 배경이 된 전라북도 남원시 사매면 노봉리는 선친과 형제의 고향으로 지금도 삭령朔寧 최씨 종택宗宅이 있는 전형적인 한국의 중촌中村이다. 이후 다른 작품에는 손대지 않았던 그는, 1998년 난소암으로 우리 곁을 떠났다.

침묵의 말, 세상을 토하다
유진규

그리운 이여.

오늘은 사과나무 한 그루의 사연으로 이 편지를 시작하려 합니다. 며칠 전 새벽 산책길에 우연히 올려다본 허공에는 강하게 쬐는 붉은빛 하나가 걸려있었습니다. 그러고 보니 하나가 아니었습니다. 여기저기서 폭죽처럼 붉은빛들이 터지고 있었습니다. 이 회색 도시한가운데 내가 사는 아파트 뒷마당에서 한 그루의 사과나무가 저 홀로 자라 그토록 청정한 빛을 내고 있었던 겁니다.

사내가 웬 나무 한 그루에 그렇게 호들갑이냐고 하실지 모르지만, 요새 나는 붉은 열매를 주렁주렁 매단 그 사과나무 덕분에 행복합니다. 창조주가 은실을 짜듯 열어놓은 하루의 첫 새벽에 그 빛나는 열매들과 만나는 것은 기쁨입니다.

수향水鄕 춘천. 내게는 옛날의 연인 같은 도시입니다. 30년 전 이

묵극默劇 때로는 우스꽝스럽고 때로는 고통스러운 몸짓. 유진규의 '묵극'은 문명에 대한 풍자와 고발, 환희와 고통, 슬픔과 희망의 메시지를 던져준다.

곳 샘밭에서 군대 생활을 했는데, 그때의 춘천은 안개와 물과 산으로 수채화 같은 도시였습니다. 외출 나와 '전원다방'에 가면 그때 막 〈세대〉인가 하는 잡지에 〈훈장〉이라는 작품으로 신인상을 받은 소설가 이외수가 앉아있곤 했습니다. 난롯가에 앉은 그를 볼 때마다 '물건'이 될 사람이라는 느낌이 들곤 했었지요.

춘천으로 가면서 나는 마임 배우 유진규가 우리 예술계에 숨겨진 사과나무 같은 존재라고 생각했습니다. 서울 하고도 도심인 방배동의 탁한 대기 속에서 저 홀로 기쁨의 열매를 맺은 한 그루 사과나무처럼, '유진규'라는 사과나무도 이 시대의 탁한 대기 속에서 예藝의 빛을 영롱하게 내뿜는 신비한 존재입니다. 그 나무는 수향 춘천의 물가에 심기어 아침저녁 피어오르는 물안개와 새벽이슬과 저녁노을을 먹으며 자라고 있습니다.

그 유진규를 다시 만난 것은 실로 이십여 년 만의 일이었습니다. 황혼이 내리는 의암호 저편에서 그가 손을 들어 나를 맞았습니다. 그와 나 사이로 적지 않은 세월이 지나갔음에도, 그 소년 같은 모습과 상큼한 미소는 여전하였습니다. 예나 이제나 그가 하는 일은 돈이 되지 않는다는 것을 아는 내가, "무얼 먹고 사느냐?"고 물었지만, 그는 맑게 웃으며 간단하게 대답했습니다.

"원래 나는 소식가小食家라고."

예전에 서울의 신촌 시장 들어가는 골목 한쪽에 이제는 전설처럼 되이버린 '76 소극장'이 있었습니다. 환쟁이인 내가 그만 연극과 사랑에 빠져버렸던 시절이었습니다. 연출가이자 배우인 기국서, 기주봉 형제가 주머닛돈을 털어 이끌었던 이 집에는, 장안의 재주 많은 사내가 모여들었고, 마이미스트mimist 김성구와 유진규도 나와 함께 그 안에 있었습니다.

호사한 서양식 살롱 드라마 같은 것과는 달리, 공연 때면 시장 안의 그 가난한 공간에서는 효과음처럼 신촌역 기차 소리가 들리곤 했습니다. 온갖 차량의 소음과 시장 바닥의 소리들이 먼지처럼 부유하는 그 공간에서, 그러나 우리는 행복했

〈빈손〉 포스터 유진규의 대표작인 〈빈손〉은 한국적 소리와 몸짓을 담은 마임이다. 이러한 그의 몸짓 언어는 2006년 1월 런던국제마임축제에서 갈채를 받았다.

습니다. 소원이라면 오직 하나, 세를 못 내어 그곳이 문을 닫는 일이 생기지 않는 것이었습니다. 하지만, 어느 날 그 소원은 무너져 골목 안 극장은 문을 닫았고 우리는 뿔뿔이 흩어져야 했습니다.

소극장을 떠나던 날은 하늘을 메우며 눈이 내리고 있었습니다.

빽빽이 내리는 눈 속에서 그와 나는 악수를 나누었습니다. 그가 말했습니다. 서울에는 다시 돌아오지 않을 것이라고. 돌아서면서 이런 말을 보탠 기억이 납니다.

"서울은… 사람의 자존심을 형편없이 구겨버리는 도시니 말이오."

낡은 코트 차림으로 휘적휘적 그 골목을 걸어나가던 유진규의 허虛해 보이는 뒷모습이 지금도 눈에 선합니다. 바로 그날의 풍경이야말로 스산한 우리네 예藝 동네의 풍경이기도 하였습니다.

이듬해 춘천 어딘가에서 그로부터 엽서가 날아왔습니다. 자세한 내용은 기억나지 않지만 거기에 이런 문장이 있었습니다.

"서울은 나를 쫓았지만 춘천에서 나는 일어설 것입니다."라고. 그러고 나서 다시 또 한 번의 엽서.

"춘천은 숨어있기 좋은 곳이랍니다."

그 후 까맣게 잊고 있었던 그가 어느 해인가 다시 나의 전시회에 나타났습니다. 춘천 교외의 신남역 부근에서 소를 좀 키우고 있노라고 했습니다. 마침내 마임을 그만두고 축산으로 돌아섰구나 하고 생각했지만, 그것이 아니었습니다. 요새 소의 눈과 말을 맞추는 연습을 좀 한다고 했습니다. 소가 그의 동료 배우라는 것입니다. 나는 어

몸짓의 언어들 날아다니는 새처럼, 웅크린 짐승처럼 그의 몸짓 언어는 허공에 선을 긋고 점을 찍는다.

쩐지 소름이 돋는 기분이었습니다. 포기하기는커녕 오히려 마임에 대한 열정으로 그는 숯제 불덩이가 되어있었던 것입니다.

우리는 멀리 삼악산, 국사봉, 우두산 자락을 적시며 흐르는 의암호를 바라보고 섰습니다. 가을 산이 고요한 물 위에 흔들거리는 모습이 수채화와 같았습니다. 나는 비로소 그가 소음의 도시 서울을 떠나, 물과 안개의 도시 춘천으로 온 것이 잘한 일이었음을 깨달았습니다. 이 호반의 도시는 그에게 침묵의 의미를 가르쳐주는 '무설전無說殿' 같은 곳이었던 것입니다.

그러고 보면 일찍이 그의 동료 배우가 되었던 것은 말 없는 소만은 아니었을 것입니다. 물안개 피어오르는 저 호반과 그 호반에 떠오르는 달과 그 위를 스치는 바람과도 그는 말 없는 말을 나누었을 것입니다.

과연 그는 춘천에서 우뚝 일어섰습니다. 자신이 일어섰을 뿐 아니라 춘천마임축제를 이끌며 춘천을 국제적 마임의 도시로 일으켜 세웠습니다. 실로 괴력怪力이라 아니할 수 없습니다. 비와 바람을 부르는 도인처럼 그는 세계 일급의 마이미스트들을 안개와 물의 도시 춘천으로 불러들였습니다. 고수高手 유진규의 기氣에 빨려들 듯 세계의 내로라하는 이 분야 사람들이 해마다 최면에 걸린 것처럼 춘천으로 몰려들고 있으니 참 신기한 노릇입니다.

우리는 물길을 끼고 돌아 김유정 문학비가 서있는 오르막길로 들어섰습니다. 하얀 가을꽃 몇이 바람에 흔들리고 있었습니다.

"난 이 빛과 고요를 사랑합니다. 그것들을 공손하게 받아 내 몸으로 표현하고 싶습니다."

그가 시인처럼 말했습니다. 말이 적은 대신 그가 하는 한마디 한마디가 빛을 발합니다.

말[言] 넘쳐나는 이 세상에 유진규는 오히려 말 없음의 세계 속으로 가고 싶어합니다. 그 하얀 침묵 공간에서 그는 혀의 말 대신, 몸짓의 말을 토해냅니다. 그러나 그가 토해내는 몸짓의 말들은 어떤 혀의 말보다도 더 격렬하고, 더 고통스러우며, 더 부드럽고, 더 준엄합니다. 그 점에서 유진규는 배우이기 이전에 예藝의 선사禪師입니다. 이 말 많은 세상을 향해 지팡이 하나 없이 침묵으로 '할[喝]!' 하는 선사 말입니다.

유진규

柳鎭奎, 1952~

우리 무언극의 산 역사로 꼽히는 유진규는 30여 년 동안, 이 땅에 마임을 소개하고 토착화시키고자 애써왔다.

'말보다 더 진한 몸의 언어로 끊임없이 느끼고 생각하게 해 인간의 몸이 얼마나 아름답고 자유로울 수 있는가를 보여주는 예술'이라 마임을 정의하는 그는, 손이나 몸동작 위주가 아닌 현대 무용이나 퍼포먼스와 같은 독창적 마임을 시도한다.

대표작으로 〈밤의 기행〉, 〈동물원 구경 가자〉, 〈아름다운 사람〉, 〈머리카락〉, 〈굶는 광대〉, 〈빈손〉 등이 있으며, 그가 이끄는 춘천마임축제는 1998년 시작된 이래, 아시아를 대표하는 마임축제로 자리 잡았다.

태양을 사랑한 시대의 이단아
허균

아들아.

오늘은 머나먼 전설 같은 '해의 사내' 이야기를 들려주마. 붉은 해를 삼켜 해같이 붉어진 가슴으로 살다, 해처럼 바다 너머로 진 사내의 이야기란다.

그 사내 이야기를 하려고 나는 지금 해를 사랑했던 그 사내가 머물렀던 강원도 사천 앞바다 옛집 '애일당愛日堂' 터에 왔다.

애일당. 이처럼 광휘로운 당호堂號나 택호宅號를 나는 전에 본 적이 없느니라. 바람과 구름과 달을 빗대어 지은 집 이름이야 무시로 보았다만, 감히 태양을 쓰다듬어 사랑해 마지않는다는 기패氣覇의 이름을 어디서 다시 볼 수 있더란 말이냐.

물론 애일당은 본시 사내 외조부의 택호였음을 알고 있다만, 누가 그 집을 세우고 이름을 지었든 간에 애일당의 영기英氣가 지금부

옛 애일당을 그리며 혁명가적 이상으로 해처럼 뜨겁던 사내에게 답답한 시대는 적막한 겨울 이었을 터. 남은 집터에서나마 애일당의 옛 모습을 떠올려본다.

터 말하려는 그 해의 사내에게 가장 강렬하게 쏘인 것만은 너무도 분명하다.

이 애일당을 꿈틀거리는 용의 모양으로 감싼 뒷산은 형상 그대로 그 이름을 '교산蛟山'이라 하였다. 해를 머금은 사내는 마침내 교룡蛟龍처럼 하늘로 오르고 싶었던 것일까. 그 이름을 평생 자신의 호로 썼으니 말이다. 그러나 그 용의 산허리는 끊기어 바다에 잠기고 사내는 끝내 해를 토해내며 스러지고 말았단다. 애일당과 교산의 전설은 그래서 비장한 슬픔을 자아낸다.

아들아, 해를 머금었던 그 사내가 다시 그 해를 이 사천 앞바다에 토해낸 연고인지, 오늘 아침 내가 만난 해는 유난스러운 핏빛이다. 그 핏빛이 사방으로 튀기어 이 교산의 소나무는 물론이고 숫제 내 몸과 의복마저 그 핏빛 속에 잠기게 하는구나. 물속에서 떠오르는 해를 이처럼 가까이서 본 적이 없다. 그래서 해는 마치 숨 쉬는 거대한 생물처럼 느껴진다.

저 해의 숨결 속에서 나는 '해의 사내'의 숨결을 함께 느낄 수 있구나. 어둠을 몰아내어 새날을 열고 싶었던 그 숨결을.

해의 사내라고 부르는 그는 참으로 잘난 남자였느니라. 그러나 너무도 빛난 재능과 영롱한 이상을 품은 사내를 그의 시대는 감당할 수 없었지.

본시 여기서 지척인 강릉 초당의 유명한 허씨 문벌의 양반 자제로 태어나서, 이미 스무 살이 되기 전 통달하지 못한 학문이 없었고, 이르지 못한 문장이 없었던 인물이다.

유복한 환경에서 태어났음에도 사내는 세상의 힘 있고 광명한 부분보다도 힘없고 그늘진 곳에 늘 마음을 두었기에, 그 생애는 애초부터 세상과 짝할 수가 없었단다. 여섯 번이나 파직을 당하고 세 번이나 유배되었다가 마침내 형장의 이슬로 사라졌으니.

사내는 말했단다. 불여세합不與世合, 세상이 나를 용납하지 않으니 고향에 돌아와 자연 속에 소요하리라고.

그렇다. 이 애일당 부근은 그이가 세상과 불화하여 쓰라린 상처입고 패배하였을 때마다 홀로 돌아와, 쉼을 얻었던 어머니의 품 같은 곳이다. 뜻이 좌절될 때마다 저 바다를 보며 마음을 삭이곤 하던 곳이었어. 그런 심회를 그는 이런 시로 남기기도 하였지.

발걸음 사촌에 이르니 갑자기 얼굴이 환해지누나.　行至沙村忽解顏
주인 돌아올 날을 교산은 여태 기다리고 있거니.　蛟山如待主人還

　　　　　　　　　　　　　　— 〈사촌에 이르러至沙村〉 중에서

벼슬길에 바람 휘몰아칠 때마다　　　　　　官轍風塵際
명주(강릉)에 내려와 묻혀 지내곤 했었지.　　幽居嶺海東
(…)　　　　　　　　　　　　　　　　　(…)

사천 앞바다의 일출 허균 시비詩碑에 기대 해돋이를 바라본다. 심연의 동해에서 말갛게 솟는
태양을 마주하면 택호 '애일당' 의 참뜻이 가슴 가득 밀려든다.

돌아갈 기약 아직 아득한데   歸期尚緜邈

탄식하며 헛되이 글만 짓는다네.   咄咄且書空

               — 〈명주를 추억하며憶溟州〉 중에서

그이가 살았던 선조와 광해군 때는 광풍의 시대였다. 임진란과 함께 당쟁과 적서 차별이 극심했으며 왜군에 쫓기던 피난길에서 그는 갓 스물 넘은 아내와 아이를 모두 잃기도 했단다. 그러나 혼란의 시대에도 사내의 목소리는 늘 카랑했지. 백성이 나라의 근본이고 오직 두려워할 만한 자는 백성뿐이라고 외쳐, 왕조 사회를 뒤흔들기도 하였다.

사람에 대해 차별을 두지 않아서 시정市井의 평민과 교류한 것은 물론이고, 멀리 전라도 부안 땅까지 달려가서 시인 기생이었던 매창梅窓과 애틋한 사랑을 나누기도 했지. 사내는 당시 사회의 터부와 금기마다 통쾌한 일갈을 터뜨렸고, 그때마다 낡은 권위의 흙담들은 속절없이 무너져버렸어.

그러다 보니 위험인물이 되었고 급기야 역모죄를 쓰고 하옥되기에 이른단다. 《조선왕조실록》에 그이와 관련된 기록이 광해 10년(1618) 한 해만도 무려 백아흔 건 가까이 이르렀을 정도다.

마침내 "혁명을 일으켜 인목대비를 앞세워 정권을 장악하려 했다."는 죄목, "짐짓 의창대군을 추대하려다가 나중에 스스로 왕이 되려 하였다."는 죄목을 쓰고 사랑하는 여인과 함께 끌려나가 최후를 맞았다. 결안結案의 판결문에 승복하지 않고 할 말이 있다고 외쳤으나, 심문관들은 외면하였고 이미 칼은 그의 목을 향했지. 불세출의 영웅은 용이 되지 못한 이무기처럼 다른 네 사람과 함께 역적이라는 팻말을 단 채 저잣거리에 싸늘한 시신으로 매달렸다.

몸을 고삐와 쇠사슬로 얽어매지 마오. 용이란 본디 그 성질이 길들이기 어려운 것이오.

일찍이 친구인 최분음(汾陰은 호, 본명은 최천건崔天健으로 조선 전기의 문신)에게 보낸 편지의 한 구절이다.

아들아, 이제 해가 중천으로 떠오른다. 저 붉은 해 떠오르는 모습을 맞이하기 위하여 아비는 밤을 달려 교산에 이르렀느니라. 해는 어디서나 같은 해일 것이다만, 이 교산의 애일당 옛터에 이르러, 나는 저 솟아오르는 해가 비로소 예사로운 해가 아님을 알게 되었다. 사람들이 새해라고 부르는 저 해가 솟아오르려고 실은 얼마나 쓰라린 어둠의 시간이 지나야 하는지를 비로소 깨닫는다.

아들아, 이제는 그냥 새해가 떠오른다고 하지 말지니라. 우르르 동해에 이르러 소란해할 일이 아니니라.

무릇 장엄하고 빛나게 떠오르는 것일수록 아픈 세월을 더 많이 삭이고 솟아나는 것임을 알아야 할 것이니라. 하나의 이상理想을 품은 자일수록 아픔도 함께 품어야 함을 알아야 할지니라. 새날은 고통 없이 열리지 않는 것임을 알아야 할지니라.

이 애일당 옛터에서 떠오르는 해를 바라보며 해같이 광명한 세상을 얻고 싶었던 사내의 이름은 바로 《홍길동전》을 쓴 교산 허균, 그이였느니라.

허균

許筠, 1569~1618

조선 중기의 문신으로, 호는 교산, 학산鶴山, 성소惺所, 백월거사白月居士다. 세 살 때부터 글을 배우기 시작하여 아홉 살 때 이미 시를 지을 만큼 문재文才가 뛰어났다. 학문은 유성룡柳成龍에게, 시는 삼당시인三唐詩人의 하나인 이달李達에게 배웠다. 이달은 둘째 형의 친구로, 당시 원주의 손곡리蓀谷里에 살고 있었는데, 그에게 시의 묘체를 깨닫게 해주었으며, 인생관과 문학관에도 많은 영향을 주었다.

스물여섯 살 때인 1594년 관직에 나간 뒤 황해도 도사都事, 춘추관 기주관春秋館記注官, 형조 정랑, 수안 군수 등을 거쳤지만, 탄핵과 파직당하는 일이 잦았다. 평생을 두고 사랑했던 기생 매창 역시 벼슬자리에서 물러난 뒤 부안에 머물던 중 만났다.

1618년 허균은 광해군 폭정에 항거하여 하인준, 김개, 김우성 등과 반란을 계획하다가 탄로되어 참형당했다. 시인 난설헌蘭雪軒의 동생으로 시문詩文에 뛰어났으며, 사회 모순을 비판한 조선 시대의 대표적 걸작인 소설 《홍길동전》을 남겼다. 애일당은 허균의 외할아버지인 김광철이 지은 집으로, 여기서 허균이 태어났으며 임진왜란 때도 이곳으로 몸을 피했다.

"누가 나에게 이 길을 가라 하지 않았네"
황재형

나는 마침내 돌이킬 수 없는 결정을 내리게 되었다.

— 폴리네시아로 가서 영원히 살기로.

그렇게 하면… 내일의 일, 그리고 지긋지긋한 이 바보 같은 싸움을

이제 더 이상 생각하지 않아도 될 것이다.

— 폴 고갱

하늘 밝은 동네, 태백으로 가는 밤기차입니다. 흩날리는 눈발 속에 천지는 오직 흑黑과 백白입니다.

싸늘한 달빛의 눈 덮인 고원을 기차는 외로운 들짐승처럼 달립니다. 검은 땅의 창자를 흘러내린 희부윰한 물줄기가 끝나면서부터는 백두대간의 중추로 가는 오르막이어서 고한, 추전역을 지날 때는 숫제 하늘 사다리라도 타고 올라가는 느낌입니다.

태백에서 | 보름달 휘영청 밝은 탄광촌. 그 까맣고, 가난한 삶 위에 희망의 파랑새가 지저귄다.

스쳐가는 역사驛舍의 불빛이 번쩍거릴 때마다 눈발 속에 탄가루도 함께 흩날리는 듯합니다.

스무 몇 해 전, 황지黃地로 떠났던 화가 한 사람을 알고 있습니다. 30대 초반 화단의 기대와 조명을 한 몸에 받던 사람이었습니다. 일찍이 고갱은 원시의 아름다움을 찾아 타히티Tahiti로 떠났지만, 우리 화가는 결코 아름답지만은 않은 검은 땅으로 떠났습니다. 그리고 검은 바람, 검은 흙의 그곳으로 떠난 뒤 다시 돌아오지 않고 있습니다.

무엇이 화가를 그 땅으로 불러들였을까요. 아니 예술가는 때때로 왜 밝고 빛나는 처소보다는 어둡고 쓸쓸한 곳으로 찾아가는 것일까요. 탄광촌으로 갔던 반 고흐(Vincent Van Gogh, 1853~1890)는 그곳에서 불세출의 명작이 된 〈감자를 먹는 사람들〉이라는 그림을 그린 바 있습니다. 그 그림은 가난과 어두움이 위대한 아름다움이 될 수 있음을 일깨워주었습니다.

탄광촌으로 떠난 우리의 화가 그림에서도 그런 묵직한 감동이 전해옵니다. 아니 그림보다 먼저 그의 삶 자체가 감동으로 다가옵니다.

생활이 그대를 속이더라도 슬퍼하거나 노하지 말라는 액자가 걸려있는 시골 다방에서, 최후의 민중미술가 중 한 사람으로 기억될 화가와 마주 앉았습니다. 몇 년 동안이나 자르지 않았는지 수염이 목까지 덮어버린 그의 모습에서는 얼핏 성자聖者 같은 느낌이 전해져옵니다. 허다한 사람이 도시에서 비좁고 이기적인 삶에 급급해있을 때, 가장 열악한 삶의 조건 속에 내팽개쳐진 힘없는 사람들 편으로 다가가려 했다는 점에서 풍겨지는 분위기일 것입니다.

"1970년대 후반부터 소재를 얻기 위해 탄광촌에 드나들었는데 어느 날 문득 더 이상 관찰자로서만 그곳을 기웃대서는 안 된다는 생각이 들었지요.

그 길로 짐을 싸서 황지로 가는 열차를 탔습니다. 광부를 제대로 그리기 위해서는 나 스스로 광부가 되어야 한다고 생각했습니다. 한백, 정동, 구절 탄광 등을 전전하며 광부 생활을 제대로 시작했지요."

말은 쉽지만 도저히 실천하기 어려웠을 일을 그는 남의 얘기하듯 무덤덤하게 전해주었습니다.

"서울을 떠나기 전, 거의 기진맥진했습니다. 허구한 날 술판과 토론이 이어지던 인사동 같은 곳이 아닌, 좀 더 가열한 삶의 체험이 녹아있는 현장이 아쉬웠습니다. 황지는 그런 내게… 구원의 땅이었습니다."

그림 때문에 찾아간 그 '구원의 땅'에서, 그러나 그는 한시도 눈물 마를 새가 없었습니다. 비단 사흘이 멀다 하고 어깨와 양손의 살껍질이 벗겨져 나가는 고된 광부 생활 때문만은 아니었습니다. 동료 광부의 너무도 가슴 아픈 현실 앞에서 느낀 뼈저린 무력감 때문이었습니다. 그의 '붓'은 '칼'이 되지 못했습니다.

낮의 고된 노역에서 벗어나 희미한 알전구 아래서 붓질을 하다가

태백에서 II 요즘은 탄광이라는 말이 구시대의 유산이라도 되버린 듯하다. 전쟁 같은 노동을 마치고 갱도 밖으로 나온 광부들은 한잔 술로 시름을 달래곤 했다.

붓을 던져버리기 몇 차례였는지 모릅니다. 그곳에서는 종종 그림을 그린다는 행위 자체가 너무도 호사한 일로 생각되었기 때문이었습니다.

스물여덟 꽃다운 나이에 분신자살을 해야 했던 동료 광부 성완희 열사의 노제路祭를 준비하면서, 척추가 썩어 한 사발씩이나 고름을 받아내야 했지만, 방치된 채 죽음을 기다리던 광부의 딸 희숙이를 돌보면서 그는 종종 화가이기보다는 고통의 사제 역할을 자임해야 했습니다.

지난 1991년, 탄광으로 떠난 지 10년 만에야 이루어진 그의 작품전은 그래서 그 뜻이 각별한 것이었고, 보는 사람에게 진한 감동을 주었습니다. 동료 광부와 가족이 태백에서 일부러 서울까지 와서 전시를 축하해주었을 때, 그는 뜨거운 눈물을 쏟았습니다.

간첩으로 몰린 아내가 한밤중 이불을 뒤집어쓰고 혼자서 태백 사투리를 연습하던 일, 강원도 정선군 고한읍의 '삶의 벽'에 탄광촌의 이야기를 공동 제작 벽화로 그렸던 일, 광부의 처우 개선 문제로 수없이 기관을 들락거렸던 일 같은 자신의 반생이 흡사 걸개그림 위의 그림처럼 스쳐갔던 것입니다.

그와 작별하고 눈발 날리는 어두워진 거리로 나왔을 때는 텅 빈 거리에 쓸쓸함의 기운만이 사면에서 불어왔습니다. 커다란 탄맥들이 발견되면서 한때 이 작은 도시에는 수백 개의 음식점과 주점이 북적댈 만큼 성시成市를 이룬 적이 있었지만, 석탄 경기가 사양으로 치닫고 폐광이 속출하면서, 이제 어두움의 그림자가 짙게 드리운 도시가 되고 말았습니다.

뎅겅뎅겅 종소리가 울리는 저만치 허공에서 십자가 불빛 하나가 보입니다. 세상 어딘가에서는 어김없이 하루에 세 번 삼종三鐘이 울리고, 그 세 번째 종소리에 만도(晩禱, 저녁 기도)를 드린다는 이야기를 들은 적이 있습니다.

나는 밀레의 그림에서처럼 어두운 길가에 서서 고개를 숙였습니다.

주여, 이 검은 땅, 검은 거리에 더 많은 축복과 은총을 내려주소서. 더 많은 은혜를 내려주소서. 다시 화가의 붓을 통해 힘과 아름다움이 함께 일어서게 하소서. 그리하여 곤고困苦한 삶일 망정, 진실로 함께 열어가는 '밝은 뫼'의 '하늘 동네'가 되게 하소서.

황재형

黃在亨, 1952~

민중미술 화가로, 탄광촌 주민의 삶을 독특한 형상으로 화폭에 담아 광부 화가로도 알려졌다. 그림 소재를 얻기 위해 강원도의 탄광촌을 드나들다 1980년대 초 태백시에 정착했다. 정동, 사북 탄광 등지에서 광부 생활을 체험하면서, 고도 산업 사회에서 소외된 탄광촌 주민의 삶을 독특한 형상으로 화폭에 옮겼다. 1980년대에는 '임술년 동인'으로 활동하면서, 군사 정권 하의 폭압적인 현실에 저항했다.

태백시에 '그림 화실'을 열어 아이들에게 그림을 가르쳤으며, 1992년 정선군 고한읍 성당 복지관 담장에 탄광촌의 과거, 현재, 미래를 담은 높이 2미터, 너비 18미터의 벽화를 그렸다. 그 뒤에도 태백을 벽화의 도시로 만드는 운동을 꾸준히 펼쳤다.

1984년과 1987년에 개인전 '쥘흙과 뉠땅'을 열었으며, 1991년 가나 아트센터에서 세 번째 개인전을 열었다. 1998년 12월 세계 인권 선언 50주년을 맞아 열린 '인권기념미술전' 등에 출품했으며, 1993년 제3회 민족미술상을 수상하였다. 〈검은 하품〉, 〈광부 예수〉 등 광부의 삶을 그린 탄광촌 연작이 있다.

다시 노래는 꽃으로, 길은 저 봉우리로
김민기

지음知音.

봄빛이 누리에 가득합니다. 우리는 곧 피어나는 꽃들에 포위당할 것입니다. 연구실 창밖 목련나무 아래로 화사하게 차려입고 지나가는 한 무리의 여학생들이 보이는군요. 이제는 달리는 기차 바퀴와 함께 멀어져버린 저런 날들이 내게도 있었을 것입니다. 하지만 정작 그때는 아름다움이 아름다움인 줄 몰랐습니다. 캠퍼스의 샛노란 개나리마저 오히려 허무의 빛깔로 다가왔으니까요.

전에 한 문인이 "나의 60년대는 김승옥이라는 창을 통해서 바라보이는 세계였다."라고 쓴 글을 읽은 적이 있습니다. 그 식으로 말하자면 나의 1970년대야말로 김민기라는 창을 통해 바라보이는 세계였습니다. 김승옥이라는 창 저편에 '무진霧津'의 안개가 피어오르듯이, '김민기'라는 창으로 지나가는 1970년대의 풍경 속에는 최루 연기와 음울한 통기타와 기차소리와 그의 묵직한 남저음男低音 노래들이 있습니다. 그리고 그 노랫가락에 실려 기우뚱하게 나의 20대도 흘러갔습니다.

그의 노래를 처음 들었던 때는 미대에 입학한 지 얼마 안 되어서였습니다. 하얀 배꽃이 눈처럼 바람에 날리던 태릉의 어느 과원에서였습니다. 그 시절 서울대 미대에는 많은 가수가 있었습니다. 신입생 환영회 때마다 외부에서 따로 가수를 불러올 필요가 없을 정도였습니다.

'응미꽈'에 다니던 '현경과 영애'라는 여학생 가수의 맑고 청아한 소리와, 조소과에 다니던 이정선의 노래가 있은 다음 드디어 '밍기형' 차례가 왔습니다. 그때 그는 김영세(현 이노디자인 대표)라는 미대 동기와 도비두(도깨비 두 마리라는 뜻으로, 회화과의 김아영이 붙여주었던 것으로 압니다.)라는 듀엣을 만들어 함께 노래를 부르던 시절이었습니다.

하지만 그날은 짝이 없이 혼자 나왔습니다. 그때 이미 미대 후배들 사이에서는 '밍기형'이 '투사'라는 소문이 돌았습니다. 하지만 그날 배꽃나무 아래로 허리를 굽혀 히죽 웃으며, 약간 쑥스러운 얼굴로 나타난 '밍기형'은, 투사는커녕 엊그제 시골에서 상경한 청년같이 부스스한 모습이었습니다.

"뭘 부를까요?"

시절은 가고 노래만 남아 그의 노래는, 부르는 이에게 자신의 험난한 미래를 예감하고, 고통 받는 동료를 그리워하는 계기였다. 작은 위로는 어느새 절망의 시대를 살아낸 힘이 되었다.

　　머리를 긁적이며 그가 물었고 여기저기서는 "친구!", "꽃 피우는 아이!", "아침이슬!", "작은 연못!" 같은 그의 노래 제목이 연이어 터져나왔습니다.

　　그가 "검푸른 바닷가에 비가 내리면… " 하고 〈친구〉의 한 소절을 채 부르기도 전에, 노래는 금방 합창이 되어버렸습니다. 우리 노랫소리에 묻혀 숫제 그의 목소리는 들려오지도 않았고, 기타 가락만이 배꽃잎처럼 둥둥 떠다녔습니다. 그리고 달리는 기차 바퀴 속에 내

저는 꽃잎위에 어른거리고... 배꽃 춤추 흩날리던 그날...

대학 시절도 그렇게 가버리고 말았습니다. 그 겨울, 입영 통지서를 받고 대학을 떠난 후, 한동안 미대나 밍기형의 소식 같은 것은 멀어져버렸습니다. 하지만 대학 시절을 떠올리면 눈 분분하게 날리던 배꽃과 그 속으로 둥둥 떠다니는 기타 소리가 늘 아득하게 들려오곤 했습니다.

그날 두세 곡의 노래를 불러준 다음 그는 홀연히 사라져서 보이지 않았습니다. 뒤풀이 때야 모두들 밍기형이 어디 갔느냐고 챙겼지만 이미 사라진 다음이었습니다. 그가 '쫓기는 몸'이라는 말이 돌던 것도, 그의 노래가 '불온 가요'로 찍혔다는 소문이 돌던 것도 그 시절이었습니다.

수줍음 많은 소년 같은, 그러나 시대가 억지로 '투사'로 몰아가 버린 그 김민기를 다시 만난 것은 미대와 함께 썼던 공대 운동장에 서였습니다. 교련 시간이었는데 누군가 히죽 웃으며 내게 다가와 말을 걸었습니다. 돌아보니 전에 신입생 환영회 때 노래 몇 곡 부르고는 홀연히 사라져버렸던 바로 그 얼굴이었습니다.

"교련이 하도 에프가 많이 나와서…."

그는 연신 히죽 웃으며 말했습니다.

"교련 때문에…."

머리를 긁적이며 그가 또 히죽 웃었습니다. 나는 나대로 그의 품새가 영 맞지 않아 보이는 교련복에 웃음이 터질 지경이었는데, 그는 연신 머리만 긁적였습니다. 마침내 그가 다시 히죽 웃으며 "먼저 좀 가도 될까…"라며 일어섰습니다.

그날 나는 대리 대답을 해주었는데 이십오륙 년 후 동숭동에서 만나 그 얘기를 했더니 그는 "그런 일이 있었나?"라며 다시 히죽 웃었습니다. 서른 해가 가까웠건만 그의 때 묻지 않은 소년처럼 히죽 웃는 웃음만은 여전하였습니다.

그 시절 우리는 모두 '밍기형'을 사랑했습니다. 그의 노래는 우리 모두를 한 줄로 엮어주는 동아줄 같았습니다. 그의 노래는 공연히 외롭고 서럽고 막막했던 우리에게 위로가 되어주었습니다. 그래서 대학을 벗어난 지 오랜 세월이 흘렀어도 상처 많은 70년대 학번에게 '밍기형'은 여전히 대학가의 그리움으로 남아있습니다. 서른 고개, 마흔 고개를 넘을 때마다 우리는 문득 그 옛날 그 '밍기형'의 안부를 궁금해 하면서, 그렇게 나이 들어갔습니다. 우리들의 학창 시절도, 배밭 풍경도 희미한 사진처럼 멀어져버렸지만, 그의 묵직한 남저음과 통기타 가락만은 세월의 모퉁이에서 불쑥 떠오르곤 했던 것입니다.

학전 그린 김민기가 1996년 세운 소극장으로, 록뮤지컬 〈지하철 1호선〉을 상시 공연하고 있다.

한동안은 그에 관한 일체의 소식이 끊기고 종적이 묘연해진 적이 있습니다. 가끔 철원 어디에서인가 농사꾼이 되어 더는 노래를 만들지 않는다는 소식이 들리기도 하였습니다. 공장 노동자들 속에 묻혀있다는 소식도 들려왔습니다. 연극과 뮤지컬판에 나타났다는 이야기도 있었습니다. 어쨌든 그의 소식은 구름 같고 바람 같은 것이었습니다.

그가 다시 사람들 앞에 모습을 보인 것은 뮤지컬과 연극을 통해서였습니다. 〈지하철 1호선〉 같은 그가 만든 연극과 뮤지컬은 70년대

그의 노래처럼 금방 사람들을 흡인해버렸습니다.

하지만 나는 다시 나타나 북적대는 대학로 한 귀퉁이에서 학전 소극장을 이끌고 있는 오늘의 김민기와 저 70년대의 추억 속에 빛바랜 사진처럼 떠오르는 그 '밍기형'이 잘 줄 긋기가 되지 않을 때가 있습니다. 그것은 어쩌면 세상을 온통 순수와 외경의 눈으로 보던 스무 살의 나와, 적당히 살집이 오르고 매사 시들해져버린 중년의 내 모습이 잘 줄 긋기되지 않는 일과도 같을 것입니다.

그는 철학자 상허尚虛 안병주 교수가 이끄는 '우리 문화 사랑' 모임에 가끔씩 얼굴을 보입니다. 그러나 말이 없기는 예나 이제나 마찬가지입니다. 씩 혹은 히죽 웃으면 그뿐입니다.

하지만 헐렁하게 무장해제된 듯한 그 모습 속에서 그의 시대정신은 늘 불꽃처럼 조용히 타오르곤 한다는 것을 나는 잘 알고 있습니다. 미대생으로 대학 교정에 있건 농사꾼으로 들판에 서있건, 공장의 노동자로 현장에 있건 그리고 연출가로 동숭동의 한 건물에 있건 간에, 그의 내부에서 타오르는 이 조용한 불꽃만은 여전합니다.

이 불길을 태우는 것은 좀 더 나은 세상, 좀 더 따뜻한 세상, 좀 더 살 만한 세상을 향한 간절한 열망입니다. 그의 노래 가사에 등장

70년대 음유시인 춥고 음울하던 1970년대에 김민기는 가수라기보다는, 시대의 아픔을 노래하는 한 사람의 음유시인이었다.

하는 '꽃 피우는 아이'처럼 꽃이 피어나기 어려운 척박한 시절에도 그는 이 간절함으로 꽃을 피워냈습니다. 그래서 김민기의 이름은 미술인도 음악인도 연극인도 아닌, 어쩌면 장차 꽃피우는 사람으로 불려야 할지도 모르겠습니다.

김민기

金敏基, 1951~

사진 | 학전 그림

전북 익산에서 태어났으며 서울대학교 미술대학 회화과를 나왔다. 경기 고교 시절, 선물받은 클래식 기타의 매력에 흠뻑 빠져들었고, 1971년 양희은의 첫 음반 〈아침이슬〉에 작곡·세션으로 참여하면서 이름을 알렸다. 1971년 자신의 첫 음반을 취입했지만, 불온 가요로 지목되어 압수 조치당했으며, 노래는 방송 금지되었다.

1970~1980년대 시대정신의 상징이었던 그는, 1990년대 들어 학전 소극장을 중심으로, 뮤지컬과 연극의 대본, 작곡 그리고 연출을 맡아 활동하기 시작했다.

특히 그가 번안·연출해 1994년 초연한 〈지하철 1호선〉은 2006년 봄 3000회 공연이라는 역사적인 기록을 남겼다. 뮤지컬 작품으로 〈개똥이〉(작사·작곡·연출), 록뮤지컬 〈모스키토〉(번안·연출), 〈의형제〉(번안, 연출) 등이 있다. 음반 〈김민기〉, 〈김민기 1, 2, 3, 4집〉, 노래굿 〈공장의 불빛〉, 노래 일기 〈연이의 일기〉, 〈엄마, 우리 엄마〉, 〈아빠 얼굴 예쁘네요〉 등이 있다. 〈의형제〉로 37회 백상예술대상 연극 부분 대상 및 연출상을, 〈지하철 1호선〉으로 서울연극제 극본상과 특별상 등을 수상했다.

잊혀진 순결과 열정의 혁명가
김산

지음.

　망명자의 어머니 상하이上海에 와있습니다. '무지개다리〔虹橋〕'라는 이름의 공항을 벗어나자마자, 뿌연 하늘 저편으로 무지개 아닌 기나긴 시멘트 고가가 뻗어있습니다. 거대한 절벽들처럼 길 양옆으로 늘어서있는 다샤〔大厦, 빌딩〕들의 그 공중고가를 벗어나서야, 비로소 도도하게 흐르는 황푸黃浦 강을 만나게 됩니다.

　오랫동안 상하이는 우리에게 육친과 같은 도시였습니다. 이곳 마당루馬堂路에 우리의 망명정부가 세워지면서 윤봉길을 비롯한 허다한 의인 열사들이, 이 상하이의 하늘 아래 그들의 청춘과 생명을 묻었던 것입니다. 그래서 상하이에 대해 우리는 늘 애틋한 짝사랑 같은 감정을 품어왔습니다.

　그러나 이제 그 상하이는 사뭇 다른 느낌으로 다가옵니다. 일찍이 덩샤오핑鄧小平이 '둥팡밍주〔東方明珠, 동방의 빛나는 보배〕'라고 부르며 중국 희망의 지표로 삼으면서, 30층 이상의 빌딩만도 백여 채나 들어서게 되고, 황푸 강을 사이로 와이탄外灘 푸둥浦東 신시가지에는 국제적인 금융사들이 밀집한 미래형 경제 도시로 모습을 바꾸었습니다.

이제 이 도시의 저물녘에서 그 옛날 망명자들이 가방을 들고 찾아오던 그 푸근하고 어스름한 박명薄明의 분위기를 찾아볼 수는 없습니다. 또 하나의 홍콩을 옮겨온 듯 사람들로 넘쳐나는 밝고 활기찬 거리, 거리마다 온통 맑은 종소리로 가득한 느낌입니다.

훗날 혁명가이자 무정부주의자가 된 열혈 청년 김산이 황푸 강으로 배를 타고 들어온 것은 1920년이었습니다. 님 웨일스가 쓴 김산의 전기 《아리랑》은 그의 상하이 생활의 시작을 이렇게 전해줍니다.

1920년 겨울 어느 날, 기선 봉천호가 싯누런 황푸 강을 서서히 거슬러 올라감에 따라, 거대한 도시 상하이가 도전이라도 하듯 강안江岸으로부터 그 윤곽을 나타내었다. 하지만 나도 거의 만 16세가 되었으므로 두렵지는 않았다…. 저녁이면 나는 조선 인성학교朝鮮仁成學校에 가서 영어를 공부하였다. 그 밖에 에스페란토어와 무정부주의 이론도 공부하였고, 틈이 나면 상하이에 있는 한국인의 생활과 활동을 모든 면에 걸쳐서 조사하였으며, 상하이에 망명해있던 모든 한국인

황푸 강의 태양은 김산의 혼처럼 상하이에서 비운의 혁명가 김산의 자취를 찾을 수 없었지만
황푸 강에 떠오른 태양은 그의 넋처럼 붉고 장엄하였다.

혁명가들과 친해졌다. 또한 전차를 타고 시내 곳곳을 둘러보기도 하
였다. 나에게 상하이는 새로운 세계였으며 서양의 물질문명과 움직
이고 있는 서구 제국주의를 처음으로 본 곳이었다. 나는 모든 풍요
로움과 모든 비참함이 함께 어우러진 채, 여러 나라 말이 사용되고
있는, 이 드넓은 도시에 매료되었다.

처음 마차삯을 깎아 80센트의 요금을 내고 찾아간 임시정부 사무

소에서 이제 갓 소년티를 벗어난 김산은 안창호, 이광수, 이동휘 같은 인물을 만났습니다. 그리고 의열단원들, 무정부주의자들과 교류하게 됩니다. 상하이는 그에게 혁명가의 길로 들어서는 관문과 같았습니다.

마오쩌둥의 혁명 본거지이자 사상의 도시 옌안延安에 파견 와있던 서양의 여기자 님 웨일스가 한국의 청년 혁명가 김산의 전기를 쓰게 된 계기는, 루쉰魯迅 도서관에서 영문 도서를 대출하려 한 일에서 시작되었습니다.

님 웨일스가 빌려보려 하는 영문 단행본과 잡지마다 한꺼번에 수십 권씩 먼저 대출해간 사람이 있었고, 그 이름이 바로 김산이었습니다. 그 방대한 양의 영문 책을 빌려갈 정도의 사람이라면 영어 실력이 보통이 아닐 것이라고 생각했던 여기자 님 웨일스는, 그 대출자를 수소문하여 어렵게 주소를 알아낸 다음, 수차 한번 만나고 싶다는 편지를 내었지만 답장이 없었습니다.

도서관 담당자가 알려준 바에 따르면, 김산이라는 사람은 조선인으로 당시 중국에 머물면서 한 대학에서 일본어와 경제학 그리고 물리학과 화학 등을 가르치고 있는 수재秀才라고 했습니다. 더욱 호기심이 발동했지만, 누군가가 그는 조선의 한 소비에트 정치 세력으로부터 극비에 파견된 대표이고 외부인을 만나려 하지 않는다는 사실을 전해주었고, 님 웨일스는 만남을 포기합니다.

님 웨일스와 《아리랑》 초판본 세계적으로 유명한 저널리스트 에드거 스노의 부인인
님 웨일스는 김산을 인터뷰하며, 그의 이상과 고뇌에 깊이 동감했다.

그런데 비가 억수같이 쏟아붓던 어느 날, 김산이 직접 님 웨일스
의 사무실로 찾아왔습니다. 이로써 두 사람의 만남이 시작됩니다.
첫 만남에서 님 웨일스는 김산의 수려하면서도 단아한 용모와 빛나
는 감성에 크게 매료됩니다.

음영이 짙은 우수의 얼굴을 한 청년 김산을 처음 대면하면서 그
녀는 자신이 만난 또 한 사람의 한국인, 중국 역사상 전무후무했던
'영화 황제'라는 칭호를 들었던 영화배우 김염을 생각했고, 잘생긴
외모 속에 영혼의 깊이가 느껴지는 두 한국 사내를 통해 미지의 나
라 한국을 짙은 호감과 함께 인식하게 됩니다.

《아리랑》은 주로 청년 김산이 자신의
조국이 처한 현실과 일본의 야만성 그리
고 김산 개인의 이상과 고뇌와 사랑에
대해 영어로 말하면, 님 웨일스가 질문
하며 받아적는 것으로 시종하고 있습니
다. 빛나는 미래를 보장받은 의과 대학
생 김산이 어떻게 혁명가가 되어 이역산
천異域山川을 헤매야 하였으며, 어쩌다 사
랑했던 여인과 헤어져 중국 대혁명까지
참여하게 되었고, 어떻게 개인사를 희생
시키고 민족사의 앞날을 열어보려 고투
하였는지를 그녀는 종교적인 숭고함에
가까운 어조로 기술하고 있습니다.

김산 스파이 사건에 연류되어 옥
고를 치르면서도 당당했던 혁명
가의 초상.

　그 지적知的 열망과 아름다운 혼과 우수의 얼굴을 지닌 청년 김산
은, 서른 살을 갓 넘어 중국 공산당에게 일본 스파이로 몰려 극비리
에 처형되었다고 합니다. 물론 이 책은 김산의 최후에 대해서는 쓰
고 있지 않지만, 그의 생애가 결코 순탄하게 전개되지 못하리라는
것만은 도처에서 암시하고 있습니다. 운명처럼 한 서양 여인에게 자
신의 모든 것을 털어놓고 난 뒤, 얼마 안 되어 이 아름다운 조선의
청년은 그 생애의 종장終場을 맞았던 것입니다.

청년 김산이 드나들던 옛 대한민국 임시정부 건물은 말끔하게 새 단장이 되어 십여 년 전 처음 들렀을 때의 분위기와는 사뭇 달라졌습니다. 그러나 주변만은 옛 분위기 그대로였는데, 나는 비로소 그 낡은 풍경들에 안도감을 느꼈습니다. 목조로 된 2층집들마다 널어놓은 빨래며 이불 호청 같은 것들, 길거리에 세워둔 낡은 자전거들이며, 하릴없이 모여 앉아있는 사람들의 풍경 속에서 희미하게나마 지나간 시대의 단면을 봅니다.

그 거리의 풍경 속에서 나는 치열하게 살다가 꽃잎처럼 떨어져 간 한 젊은 혁명가의 초상을 더듬어봅니다. 처형을 앞두고 찍은 한 장의 흑백 사진 속에서 당당하게 호주머니에 두 손을 찌른 채, 오만하면서도 알 듯 모를 듯한 미소를 짓고 있던 그 표정의 초상을 말입니다.

지음이여. 사람들은 이제 민족, 사회, 혁명 같은 대의大儀를 잘 입에 올리려 들지 않습니다. 한때 이 도시에도 혁명의 피바람이 거세게 불고 지나갔지만, 이제는 그 모든 것이 빛바랜 전설처럼 되고 말았습니다. 그리고 그 전설의 한가운데에 목 놓아 울다 떠난 청년 김산의 이름이 풍화風化되어 남아있습니다.

김산

金山, 1905~1938

평안북도 용천 출생으로 본명은 장지락張志樂이다. 혁명가이자 시인, 사상가, 무정부주의자다. 독립 운동을 할 목적으로 일본과 만주를 거쳐 1920년에 상하이로 갔다. 그곳에서 이광수를 도와 〈독립신문〉을 만들었다. 1921년 의학 공부를 위해 베이징으로 간 뒤 사회주의자가 되었다.

혁명가의 초상 지성과 감성과 열정을 지닌 청년 혁명가의 초상을 그려본다.

1923년 상하이에서 공산 청년 동맹에 가입하고, 1924년 이르쿠츠크 고려 공산당의 베이징 지부를 조직했으며, 1925년 광저우廣州로 가서 중국 공산당에 가입했다. 1927년에는 광둥廣東 코뮌 건설에 참여하였으나, 3일 만에 중국 국민당의 공격을 받아 철수했다. 그러고 나서 조선인의 입당을 주도하다가 일본의 스파이로 오인받았다. 그 후 옌안延安의 군정 대학에서 가르쳤으나, 1938년 중국 공산당에 의해 트로츠키주의자, 반역자, 간첩으로 지목당해 처형되었다.

가족의 청원에 따라 중국 공산당은 1984년 사후 46년 만에 김산을 복원시켰고, 대한민국 정부는 2005년 건국훈장 애국장을 서훈했다.

자연과 인간, 연극이 하나되다
이종일

벗이여.

나라 안에서도 손꼽히는 청정 지역 거창입니다. 엊그제 내린 비로 햇빛 부서지는 산천은 그 청신함을 더해 눈이 부실 지경입니다. 서울의 무겁게 가라앉은 무채색 속에서만 머물러있다가 이곳에 오고 보니 그만 풍덩, 초록의 바다에라도 뛰어드는 기분입니다.

도저히 줄 긋기가 되지 않았지만, 고속버스도 열차도 닿지 않는 이 첩첩산중에서 세계 유수의 극단이 참가하는 국제연극제가 열린다는 소식을 들은 것은 여름이었습니다. 거창대학교의 정윤범 교수라고 자신을 소개한 목소리는 '니스 칠한 상에서 싹이 트고 돌에서 꽃이 피어나는 기적의 현장을 와보지 않겠느냐.' 며 거창국제연극제와 문제의 인물 이종일을 소개했습니다. 그리고 그 첫 전화 이후 그는 채권자처럼 당당하게 사흘이 머다 하고 전화를 걸어왔습니다. 그

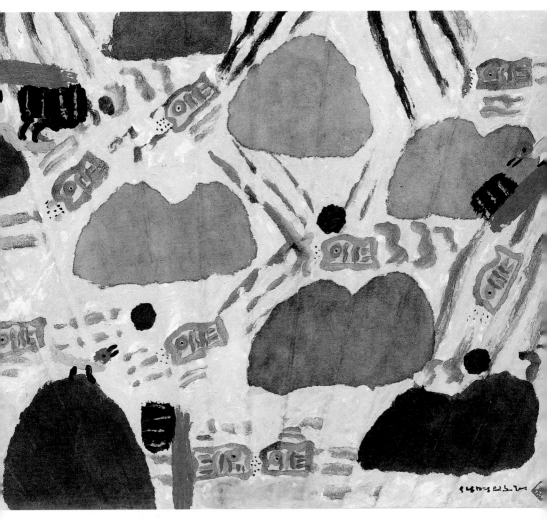

청정 계곡의 땅 거창 거창에는 산 맑고 물 맑은 계곡이 많기도 하다. 발 닿는 곳마다 절경이
펼쳐지는 이곳에서, 자연과 인간이 하나가 되는 살아있는 연극을 꿈꾸는 예인을 만난다.

러다가 막상 거창 시외버스터미널에서 나를 만나 극단 사무실까지 안내하면서는 "우리 헹님이 씰데 없는 짓 벌였다고 뭐라 카지 않을지 모르겠다."며 너스레를 떨었습니다.

이종일의 극단 '입체'는 읍내의 한 재래시장이 끝나는 5층 건물 꼭대기에 있었습니다. 국제연극제의 포스터가 어지럽게 붙어있는 옥탑방 사무실 문을 열자, 날씨 탓만은 아닌 후끈한 기운이 할퀼 듯 덤볐습니다. 몇 명의 젊은이가 흡사 승냥이같이 눈빛을 빛내며 그 열기 속에서 정신없이 일하고 있었고, 그들의 어깨 저편에서는 무사武士같이 단단한 모습의 이종일이 걸어나왔습니다.

프랑스의 아비뇽 축제(매년 7월에 아비뇽 시 전체에서 열리는 세계적인 연극 축제)에 다녀온 짐을 아직 풀지도 못했다는 그는 장차 거창을 아비뇽 같은 연극의 도시로 만들고 말겠다는 일성一聲을 내뱉었습니다. '만들고 싶다'거나 '만들었으면 좋겠다'가 아니고 '만들고 말겠다'는 선언이었습니다. 그리고 미니 연극학교도 하나 만들어야겠다는 구상까지 펼쳤습니다.

일견 황당해 보이는 이러한 계획을 그는 거침없이 어디서 많이 듣던 소리로 토해냈습니다. 곁에서 정 교수가 거들었습니다.

"우리 헹님은 말입니다. 한다면 하는 사람입니다."

그들의 뒤쪽 벽에 붙은 '단훈團訓'이 눈에 들어왔습니다.

"예인藝人은 초심을 잃지 않고 중인애경衆人愛敬을 바탕으로 진선

미眞善美의 화花를 피우는 것이니라.”

아마 어느 날 극단 단원들을 모아놓고 이종일이 한 훈시의 한 대목을 단훈으로 정해 누군가 걸어놓은 듯했습니다. 어쩐지 무슨 사교邪敎 집단에 들어온 것처럼 으스스했습니다. 단훈 걸린 그 아래 ‘숙직실’ 팻말이 붙은 또 다른 방의 열린 문 사이로 흡사 전투복처럼 널려있는 빨래들이 눈에 들어왔습니다. 그 누더기처럼 널려있는 빨래들을 보는 순간 나는 코끝이 찡했습니다. 이들이 어떤 상황 속에서 20년 세월 동안 100회가 넘는 공연을 해오고, 국제연극제를 치러왔는지를 그 널려있는 빨래 조각들이 말해주고도 남음이 있었기 때문입니다.

열정.

그렇습니다. 활활 타오르는 열정은 때로 모든 난관을 태워버립니다. 열정이 아니고서는 이 시골 극단 ‘입체’나 이종일의 연극 인생은 설명될 수 없습니다. 그럼에도 불구하고 의문은 남습니다. 재정은 둘째 치고라도 이 작은 군郡에서 어떻게 배우를 모아 90회 넘는 국내 공연과 10여 회의 국제 공연을 열 수 있었는지 아무리 생각해도 불가사의한 일이 아닐 수 없었습니다. 이종일은 군의 후원에 힘입은 바 크다고 했지만, 관의 힘만으로 될 일은 애당초 아니었습니다.

정 교수가 다시 귀띔해주었습니다. 때로는 장터에서, 때로는 버스터미널에서, 그리고 학교 앞에서 하염없이 사람을 기다렸다 인연

쌍둥이 연극 도시 7월에는 프랑스 아비뇽에서, 8월에는 한국의 거창에서… 한여름밤 무더위
를 잊게 하는 꿈의 무대가 펼쳐진다.

의 줄로 낚아오는 경우가 비일비재했다고. 이미 40대에 접어든 박원목이나 조매정 같은 탄탄한 중견 연기자도 이종일이 놓은 덫에 걸려 연극 인생을 시작한 본보기라 했습니다.

"보입시더. 나랑 연극 한번 하지 않을랑교?"

이 한마디에 최면에 걸린 듯 이 옥탑방에 따라 올라오면 다시는 제 발로 걸어 내려가지 못한다는 것이었습니다. 이러니 그에게 걸리지 않는 것만이 상수라는 이야기였습니다.

야외 무대가 펼쳐질 수승대搜勝臺로 가는 차 안에서 이종일이 시비조로 말했습니다.

"한 가지 물어보입시더. 왜 연극은 대도시에서만 해야 되고 또 실내에서만 해야 되는 겁니꺼."

그는 오랜 세월 이 화두話頭 같지도 않은 화두를 잡고 씨름해왔노라고 했습니다. 새벽이면 물안개 피어오르고 석양이면 낙조 아름다운 수승대를 드나들면서, 왜 이런 천혜의 자연 무대를 버려두고 인공 조명 아래서 과장된 몸짓에 뻔한 대사를 늘어놓아야 하는 것인가 회의하였다고.

수승대와 원학골 계곡을 오르내리면서 그는 수십 번도 더 우리 연극의 물길을 틀어, 자연과 사람에게 되돌려놓겠다는 생각을 했고, 급기야 겁도 없이 열여섯 번이 넘는 국제연극제를 치러내면서, 자신의 믿음을 현실로 바꾸어갔다 했습니다. 이곳을 찾는 해외 극단들마다

거창국제연극제 낮에는 계곡에서 피서를 즐기고 밤에는 연극을 관람하는 '문화 피서'. 생명력 넘치고 역동적인 무대에서 세계 정상급 작품들을 공연해, 자연·인간·연극이 어우러지는 축제로 거듭나고 있다.

"판타스틱!"을 연발하는 것을 보면서 그는 거창의 자연을 무대로 한 산천 연극, 야성 연극, 달빛 연극을 세계화하는 데 자신의 연극 인생을 걸었다 이야기합니다.

그리고 보니 수승대는 과연 세계 수준의 연극 무대로 꼽히는 데 전혀 손색이 없었습니다. 거북 모양의 커다란 바위를 휘감아 돌아가는 물길을 바라보며 둥글게 앉을 수 있도록 만들어진 객석이며, 붉은 배롱나무로 뒤덮인 고색창연한 구연서원龜淵書院과 관수루觀水樓의 아름다움은 한국의 전통미와 자연미가 연극 속에 녹아들기에 충분했습니다.

"사람들은 지 보고 대도시로 나가서 연극하라고 권하지만 택도 없습니더. 이 아름다운 자연 무대를 두고 어딜 돌아댕기겠습니꺼."

결국 언젠가 거창은 또 하나의 아비뇽이 되고 말겠구나 하는 예

감을 지니며, 나는 바위처럼 버티고 선 이종일의 모습을 다시 한번
쳐다보았습니다.

거창은 계곡을 돌 때마다 유서 깊은 정자가 나타나고 반석 아래
물길이 흐르는 비경秘境의 땅입니다. 그러나 오래전 양민 학살 사건
의 어두운 그림자가 드리워져, 그 천혜의 자연마저 그늘에 가리워졌
습니다. 그런데 오늘 장한 예인 하나가 이 거창 땅의 아름다운 풍광
과 물길을 국제연극제로 되살려내고 있습니다. 어쩌면 이 기세대로
라면 십 년이 못 가서 사람들은 거창 하면 국제연극제를 먼저 떠올
리게 될 터입니다. 그와 함께 이 수승대 역시 새로운 한국적 연극의
메카로 기억되리라 나는 믿어봅니다.

이종일

李鍾日, 1950~

극작·연출·기획 등을 도맡아하며 20년 넘게 극단 '입체'를 이끌어오고 있는 거창의 연극인으로, 동국대학교 연극영화과와 니혼대학교 무대예술과를 졸업했다.

전국연극인협회 부회장과 한국연극협회 경남 지회장을 역임했고 수편의 창작 희곡을 썼으며, 자신이 만든 극단 입체 단원과 함께 백여 회가 넘는 국내·외 공연을 가졌다.

그가 기획한 거창국제연극제는 동·서양의 만남, 인간과 자연의 만남을 주제로, 매년 8월 1일~15일에 열린다. 1989년 경상남도 지역 연극단체 간의 화합과 지역 연극의 발전 방향을 모색하기 위해 시작된 시월연극제가 모태가 되어 발전했다. 1993년 5회부터는 전국 규모로, 1995년 7회부터는 해외 극단을 참가시키면서 국제연극제로 발전했으며, 이때부터 거창국제연극제KIFT로 이름을 바꿨다.

공연 예술의 세계적인 흐름과 실험 정신을 만날 수 있는 연극제로, 수준 높은 연극·마임·퍼포먼스·무용극 등을 선보인다. 현재는 거창을 대표하는 문화 예술 상품으로 자리 잡았다. 소백산맥 주변의 지리산, 덕유산, 수승대, 금원산 등지에서 다양한 공연이 펼쳐져, 피서와 연극을 동시에 즐기려는 관객들로 붐빈다.

식지 않는 플라멩코의 핏빛 자유
조광

서울, 서초동의 한 지하 플라멩코Flamenco 카페 '체르니'(현現 플라멩코
무용연구소)입니다. 벽에 붙은 붉은 옷의 투우사와 붉은색 일색의 플
라멩코 포스터들로 카페는 불타는 듯했습니다. 그 속에 몸에 착 달
라붙은 무용복에 검은 망사 모자를 쓴 그이가 서있었습니다.

　날렵한 몸매에 조각 같은 얼굴을 한 이 플라멩코의 명인은 손짓
하나 음성 하나까지도 춤의 한 부분인 듯 예술 그 자체였습니다. 학
같은 목에 손가락이 긴 서늘한 선골풍仙骨風의 이 예인藝人에게는 한
여름 무더위도 머물지 못하는 듯했습니다.

　춤의 구도자. 그이와 마주 앉았을 때 처음 스친 이 생각은 몇 시
간 내내 머릿속을 떠나지 않았습니다.

　"플라멩코, 위험한 춤이야. 빠지면 못 나와. 날 보라고. 잠깐 들
어갔나 싶은데 눈 깜짝 할 새 40년이 지났어."

청량음료를 빨대로 빨면서 눈을 깜박이는 이 사랑스러운 노老무용가에게서는 무더위뿐 아니라 시간도 머무르지 못하는 듯싶었습니다. 누구라도 실제보다 20년은 아래로 볼 수밖에 없을 듯한 젊음의 비결을 물었습니다.

"비결 같은 것은 없고…. 나는 춤만 생각하며 살았어. 춤 인생 시작한 이후로 매일 서너 시간씩은 연습을 해왔지. 비결이라면 그게 비결일까."

원래 집시의 무용이었다는 플라멩코에 정통 발레를 하던 자신이 그토록 빠져버린 것은 어쩌면 자신에게도 집시 기질이 있어서였을 게라며, 그것 아니고는 플라멩코와 자신의 관계를 설명할 수가 없다며 웃었습니다.

어찌되었거나 일흔 살 넘은 노인의 몸이 이토록 눈부시게 아름다울 수 있다는 사실에 감탄하지 않을 수 없었습니다. 일어서거나 걷거나 둥글게 돌 때마다 그이의 몸은 얼음 조각 같았다가 금세 바람에 날리는 버드나무 가지 같았습니다.

플라멩코는 선線이야. 그 점에선 우리 춤도 그렇지만 말이야. 우리 춤

플라멩코의 명인 에스파냐 춤과 한국춤, 인도춤 등을 결합시켜 제3의 창작춤을 즐겨 만드는 조광. 1999년에는 국립극장 대극장에서 플라멩코와 재즈를 결합시킨 새로운 춤을 선보였다.

이 옷의 선線이라면 플라멩코는 몸의 선이야. 특히 남성 무용수의 경우가 더 그렇지. 몸이 불어 선이 흐트러지면 춤은 죽고 말아. 그물에 걸리지 않는 바람같이, 몸이 늘 자유롭고 부드러워야 해.

실제로 몇 가지 포즈를 보여주면서 그이는 동작은 보지 말고 선의 흐름을 유의해서 보라고 일러주었습니다.

춤 시작한 이후 평생 하루 일식반一食半이야. 포만감 있게 식사해본 기억이 아득해. 플라멩코…, 무서운 자기 절제 없이는 안 되는 춤이야. 그 점에서 이건… 도道야. 도는 산에 가야만 얻는 게 아니라고.

그이를 처음 소개할 때 서울대 음대의 황준연 교수도 비슷한 얘기를 한 바 있었습니다. 아름다운 춤의 도인을 한번 만나보지 않겠느냐고.

몇 가지 동작을 보여주고 나서 해탈승처럼 무욕無欲하게 웃으며 그이는 다시 캔 음료를 잡아 쪼르륵 소리가 날 만큼 빨았습니다. 그런 다음 손짓, 몸짓, 눈빛을 섞어가며 말을 이어갔습니다.

어떻게 그 옛날에 안무가의 길을, 그것도 에스파냐 댄서의 길을 걷게 되었냐? 많이 듣는 질문이지만… 운명이라고밖엔 말 못해. 부모님과 3년간 밥 한끼 같이하질 못했어. 내가 춤꾼의 길을 걷겠다고 나서자 우리 가문에 생겨나지 말았어야 할 놈이 나왔다고 아버지는 땅을 치셨지. 어머니가 몰래 쥐어주시는 돈으로 일본 유학길에 올랐어. 유명한 핫토리-시마다服部-島田 발레단에 들어가 6년을 배웠지.

그런데 발레리노이던 내 인생에 지진이 일어나는 사건이 터졌어. 어느 날 도쿄에 들어온 '안토니오 가데스(Antonio Gades, 에스파냐의 무용가 겸 안무가. 민속무용의 동작을 예술적으로 완성한 플라멩코의 대가)'의 플라멩코 공연을 보게 된 거야.

그 밤 내내 나는 속으로 부르짖었어. "내가 추어야 할 춤이 저기 있다!"라고. 아름답고 고요하고 깨끗하기만 한 클래식 발레가 내게 맞지 않는다는 것을 비로소 알았지. 그날 이후 에스파냐로 떠날 생각에만 골몰하며 지냈어.

개척자? 그렇게 말할 수 있지. 사파토(플라멩코 댄스용 구두) 하나, 캐스터네츠(손가락에 끼고 박자를 맞추는 도구) 하나 없을 때도 열심히 추었으니까.

그이는 개척자일 뿐 아니라 춤을 추다 보면 때로는 자신이 투우사가 된 듯한 느낌이 들기도 한다고 말합니다. 7분이 넘으면 호흡이 흐트러지기 시작하고 10분이 넘으면 대개 헉헉대기 시작한다는 토로(Toro, 죽음으로 몰리는 소와 투우사의 긴장을 묘사한 춤)나 불레리아스(Bulerías, 빠른 템포의 에스파냐 민요에 맞춰 추는 플라멩코의 고전적인 춤)를 출 때면 그 격렬함 때문에 흡사 생사를 넘나드는 투우사 같은 기분이 든다고.

"플라멩코는 아주 전투적인 춤이야. 그 점에서 나는 전사戰士인가?"

하얀 이를 드러내며 웃는 이 칠순의 청년은 최소한 앞으로 10년 간은 현역으로 뛸 거라며 줄줄이 공연 계획을 이야기합니다.

자리에서 막 일어서려 할 때 바람같이 한 여인이 들어왔습니다. 그이가 평생의 룸메이트이자 공연 메이트라고 소개한 부인 한순호 여사 역시 실제보다 20년 아래로 보이기는 마찬가지였습니다.

노인 아닌, 두 노인의 배웅을 받으며 체르니를 나설 때 거리에는 무서울 만큼의 폭양이 쏟아지고 있었습니다. 문득 조금 전 노老안무가가 한 말이 생각났습니다.

"플라멩코는 한여름의 춤이야. 그 붉은색 뜨거움이 여름을 닮았거든."

조광

趙洸, 1929~

1949년 도쿄의 핫토리-시마다 발레단에서 정통 발레를 공부했고, 1957년 제1회 조광 무용 발표회(시공관)를 가졌다. 에스파냐 무용으로 전공을 바꾸어 1973년 마드리드로 유학을 떠나, 6년간 플라멩코를 중심으로 본격적인 에스파냐 춤을 배웠다.

1983년 국립극장 대극장에서 연 조광 스페인 무용 공연을 필두로, 다섯 번의 개인 공연과 여러 번의 국내외 단체 공연을 가졌다. 마닐라 국제 춤페스티벌 등 국제 공연에 여러 차례 초대되었다.

1965년 아카데미 발레단을 창단하여 수차례 공연을 가졌으며, 지금도 플라멩코무용연구소에서 후진을 양성하고 있다. 국내 플라멩코의 첫 페이지를 연 그는 "플라멩코는 '살풀이'처럼 나이가 들수록 깊은 맛이 우러난다"며 팔순을 바라보는 지금도 무대에서 열정을 사르는 진정한 대가다.

음지 綠녹

풀, 들꽃, 버들지가 자리한 그늘에,

바람 닮은 사람, 강 닮은 사람이 모인다.

어둠이 있어야 빛이 있고 그래야 생生이 있지 않느냐며

자연에서 숨을 길러 하루를 여는 이들의 자화상.

시인의 가슴에서 흐르는 강물의 언어
김용택

산길을 돌아서자 거기 강이 있었습니다.

　강은 사행蛇行을 그리며 지금 막 노을 속으로 빨려 들어가고 있습니다. 사람들이 '섬진강 시인'이라고 부르는 시인은 여우치 둔덕 위 분교 앞마당에 서있었습니다. 저물어가는 강을 바라보고 있었습니다. 그가 선 앞으로 꽃잎이 분분히 날렸습니다. 밭일을 하다가 허리를 펴고 일어선 농부의 모습으로 시인은 두터운 손을 내밀어 나를 맞았습니다.

　시인은 논농사 밭농사 지어 철철이 도회의 아우에게 올려 보내는 고향의 장형長兄처럼, 그간 마암 분교와 섬진강 주변에서 지은 글 농사로 책을 묶어낼 때마다 내게 보내주곤 했습니다. 그가 보낸 책의 겉표지를 열면, 늘 짤막한 계절 이야기나 화사한 꽃 소식 같은 것이 적혀있곤 했습니다. 책이며 편지에는 강 냄새, 들꽃 냄새가 함께 묻어있었습니다. 서울살이가 팍팍할 때마다 나는 김 시인과 함께 바람 불고 꽃피는 마암 분교와 강변 마을을 그림처럼 떠올리곤 했습니다. 섬진강 주변이 그토록 그리운 장소가 되어버린 것은 김 시인의 시詩 때문일 것입니다.

우리는 강을 따라 함께 걸었습니다. 남도 오백 리의 들판을 적셨다가는 산자락으로 숨어버리고, 마을을 데불고 나타났다가는 솔밭 속으로 다시 숨어버리기를 거듭하는 강을 시인은 '산골 색시' 같다고 말합니다.

하지만 내게는 애잔한 느낌으로 먼저 다가옵니다. 섬진강은 참 예쁘면서도 애잔한 강입니다. 한恨 실은 남도 창唱의 굽이굽이만큼이나, 흐르는 것 같지 않게 조용한 물살로 흐르고 있지만 많은 사연을 간직한 강입니다. 바람도 햇빛도 걷어 안으며 느릿느릿 그렇게 흘러갑니다. 그 강은 서둘지 말라고 말하는 듯했습니다. 속도에 중독된 그대의 삶을 이제 그만 내려놓으라고.

그러고 보면 여러 도都와 군郡을 거쳐 흐르건만 이 강은 결코 급한 성깔을 드러내는 법이 없습니다. 그저 흐르는 것 같지 않게, 그러나 결코 쉬는 법 없이 흘러갈 뿐입니다. 섬진강 따라 걸으며 나는 '우리 삶의 여유와 속도가 저 강 같을 수만 있다면….' 하고 생각하였습니다.

"속도 말인데요."

서울에서 온 나는 현기증 나는 문명의 속도를 말했지만 시인은

남도南道**의 정한**情恨**을 싣고** 시인은 섬진강 사람들의 이야기를 통해, 때로는 천천히 때로는 멈춰서서 우리네 삶을 들여다보라고 호소한다.

강물의 흐름으로 받아들인 듯했습니다.

"많이 늙어버렸어요. 강이 수척해요. 물살의 빠르기가 예전 같지 않고. 수기水氣도 잘 전해지지 않아요…."

강이 수척하다. 섬진강 지킴이답게 시인은 강의 안부를 소상히 들려주었습니다. 그러면서도 그는 자신이 문학으로 섬진강을 너무 많이 퍼내었노라며 너털웃음을 웃었습니다. 섬진강 물 팔아서 땟거리도 마련하고 자식놈 공부도 시켰다면서, 섬진강은 자신에게 문전옥답門前沃畓이라고 했습니다.

확실히 강은 시인에게 시를 캐내는 좋은 밭인 셈입니다. 그가 강에서 건져올린 시는 산지사방으로 보내져 사람들이 잊고 지낸 바람의 안부, 풀과 들꽃의 소식을 전해줍니다. 나같이 메마른 도회에 사는 사람도 시인이 강 주변의 삶과 풍경들을 정겹게 바라보고 살갑게 기록하여 보내주는 글을 통해, 배달 받아 마시는 샘물로 목을 축이듯 그렇게 목을 축이는 것입니다.

그는 따뜻하고 아름다웠던 유년의 날들에 대해서도 이야기해주었습니다. 이제는 사라져버린 그 추억의 곳간을 뒤지며 시인의 입에서는 그리움, 외로움, 기다림 같은 말들이 나옵니다. 이미 서울에서의 내 일상 속에서는 죽어서 비늘처럼 떨어져 나가버린 말들입니다. 그리움이라니…. 그 말을 써본 지가 얼마나 오래되었던가요.

시인이 지금껏 그런 말들을 지키고 있음도 어쩌면 저 강이 있어서였을 것입니다. 그의 시가 나 같은 도시인에게 배를 쓸어주는 할머니의 손길 같은 부드러움으로 다가오는 것도, 황소울음 같은 두터운 힘이 느껴짐도 모두 저 강 덕분일 것입니다. 어머니 같은 저 강이 있으니 나는 부자라고 시인은 다시 함박웃음을 웃었습니다.

그러나 유감스럽게도 내게는 강이 없었습니다. 문 열면 회색 아파트가 시야를 막아설 뿐입니다. 회색 공간에 갇혀 상상력도 서서히 죽어갔습니다. 상상력이 생물生物이라는 것을 아파트에서 지내며 느끼곤 합니다. 저 섬진강에 나가 황혼과 새벽에 은어 같은 언어를 쉼 없이 건져올렸을 시인이 나는 부러웠습니다.

일몰의 강은 차츰 신비함으로 가득해집니다. 강을 따라 걷는 우리까지 숫제 그 신비한 빛 속으로 빨려 들어가는 형국입니다. 거기에는 태고의 빛이 있었습니다. 따스한 모성이 있었습니다.

이러한 강을 조석으로 거닐 수 있는 시인이 부럽다고 했을 때 시인이 말했습니다. 현실의 강만이 강은 아니라고, 강이 가슴속으로 흘러들게만 하면 누구라도 강을 가진 것이라고, 이제라도 우리는 모두 가슴마다 흐르는 강을 가져야 할 것이라고. 그대로 받아적으면 시가 되는 말이었습니다.

일몰에 섞여 산그늘은 수묵처럼 번져옵니다. 참으로 오랜만에 가져보는 고요입니다. 멀리 논둑길을 아이들 몇이 석양 속으로 뛰어가는 것이 보입니다. 문득 헤르만 헤세의 《싯다르타》라는 책에 나오는

진메마을서 만난 少 肖像 [포]

시인 닮은 아이 그리움, 외로움, 기다림… 따뜻하고 아름다운 유년의 추억을 떠올리게 하는 소년의 얼굴. 시인의 고향인 진메 마을에서 그의 어릴 적 모습을 연상시키는 아이를 만났다.

뱃사공 바스데바가 떠오릅니다. 구도의 길을 나선 청년 싯다르타를 건네주었던 바스데바는 땅의 이곳저곳을 다니다, 오랜 세월 뒤 돌아오는 싯다르타를 다시 건네주며 이렇게 말합니다.

"나는 오직 이 강물에서 배웁니다. 강물은 나의 스승입니다."

지금쯤 붐비는 지하철이나 자동차에서 내려 터벅터벅 회색 도회의 숲을 지나 귀가하고 있을 그대여. 오늘 나도 바스데바처럼 저문 섬진강에서 배웁니다. 지금 내가 바라보고 있는 저 일몰의 강을 이 저녁, 당신에게도 선물로 드리고 싶습니다.

김용택

金龍澤, 1948~

1982년 21인 신작 시집 《꺼지지 않는 횃불로》(창작
과비평사)에 시 〈섬진강〉을 발표하면서 등단했다. 고
향인 전라북도 임실을 떠나지 않고, 질박하면서도
맑고 따뜻한 서정으로 섬진강 일대의 이야기를 시
집과 동시, 산문집 등으로 엮어냈다. 그는 섬진강
에 대하여 "나의 모든 글은 그 작은 마을에서 시작
되고 끝이 날 것을 믿으며, 내 시는 이 작은 마을
에 있는 한 그루 나무이기를 원한다."라고 말한다.

　　초기 시는 주로 고향과 고향 사람들의 이야기를 세태에 비추어 서정적으로 노래
하는 형식이었으며, 1990년대 이후로는 《사람들은 왜 모를까》와 같이 직관에 의한 서
정성이 강조된다. 소박한 진실을 바탕으로 전통과 현대를 이어주는 특이한 감응력이
많은 사람에게 감동을 전해준다. 시집 《섬진강》, 《맑은 날》, 《그대 거침없는 사랑》, 《그
여자네 집》, 《연애 시집》 등이 있으며, 산문집으로 《그리운 것들은 산 뒤에 있다》, 《섬
진강 이야기 1·2》, 《인생》, 동시집 《콩, 너는 죽었다》 등이 있다. 현재 임실 덕치 초등
학교 교사로 재직 중이다.

산그늘에서 만난 음지식물의 자화상
박남준

어느 해 하남下南하는 기차에서 모악산으로 떠난 젊은 시인의 이야기를 들었습니다. 그 뒤 수없이 철길 위로 꽃이 흩날리고 눈이 내렸지만 산으로 떠난 시인이 그 산문山門을 걸어 내려왔다는 소식은 들리지 않습니다.

스스로 몸을 숨겨버린 옛 갈건야복葛巾野服의 유자儒者들 이야기는 많습니다. 그러나 모악산 자락으로 몸을 숨긴 우리의 시인은 노수老叟가 아닌 홍안紅顏의 청년이었습니다. 산의 교교한 어둠 속에 독거獨居하기에는 아무래도 너무 푸르른 나이었습니다. 더구나 '가솔을 데불고'도 아닌 '홀로'였습니다. 그는 옛 은자隱者가 환생한 듯 그렇게 휘적휘적 산으로 가버렸습니다.

가끔씩 만난 적도 없는 시인의 안부가 궁금했습니다. 그러나 내가 시인의 하산 여부를 궁금해 한 것은 저잣거리의 떠들썩함과, 달콤하고 후끈한 실내와, 문학꾼들의 도도한 주흥 같은 것도 없이, 과연 이 젊은 시인이 홀로 산에서 얼마나 견딜 수 있을 것인가 하는 따위의 천박한 관심 때문이었음을 고백합니다.

문득 산자락으로 몸을 숨긴 또 한 사람의 문인과 나눈 이야기가 생각납니다.

"아무래도 너무 일찍 산으로 왔는가 싶소. 아침저녁 벌떡 벌떡 자지도 서쌓고…"

어쨌든 산으로 떠난 시인은 혼자서 달을 보고 혼자서 별을 헤며 혼자서 글을 쓰고… 그렇게 작은 황톳집에서 재가승在家僧 같은 십년 세월을 보냈습니다.

그리고 가끔씩 모악산방의 삶을 시와 산문으로 펴냈습니다. 내가 읽어본 《작고 가벼워질 때까지》라는 책에 그려진 그의 삶은 더 작고 더 가벼울 수도 없으리 만큼 단출했습니다. 그의 글에서는 모악산의 풀 냄새가 났습니다. 언어 세공의 노력 같은 것도 별로 없어 보였습니다. 인공조미료 안 넣은 산나물 무침 같은 맛이 있었습니다.

전주 젊은 시인들에게는 장형 격인 김용택 시인의 안내로 모악산 시인의 집에 당도했을 때는 산그늘이 길게 내릴 무렵이었습니다. 선사禪師 같은 모습의 시인이 지팡이라도 들고 문 앞에 나와있지 않을까 기대했지만 시인은 부재 중이었습니다.

김 시인이 "저것이 남준이 새끼들"이라고 부른 마당 앞 계곡 애기

아침 모악산방, 모악산 시의 집

가을 아침의 모악산방 푸르스름한 아침 안개 속에 새빨간 홍시들이 달린 시인의 산가山家. 시인은 십여 그루의 산감나무가 있는 그곳에서 풀 냄새 나는 삶을 살고 있다.

수련 아래 떠도는 버들치 몇 마리와 십여 그루나 되는 늙은 감나무의 열매들만이 시인의 부재를 더욱 선명히 해주었습니다. 문득 "당신을 사랑하는 일처럼 세상에 가혹한 일은 없을 것(《별의 안부를 묻는다》)"이라고 했던 그의 글이 떠올랐습니다. 혹 그는 깊은 사랑의 상처를 입은 게 아닐까 하는 생각을 하며 산가山家를 내려왔습니다.

그날 밤 박 시인을 그 지방 신문의 문화부 부장이 마련한 저녁 자리에서 만났습니다. 우아동의 격조 높은 한식집 '수라청' 문이 슬며시 열리면서, 얼굴선이 가냘프고 정적靜的인 분위기를 띤 사내가 하나 들어왔습니다.

산이슬만 먹고 사는 듯 가벼워 보이는 한복 차림의 사내가 사뿐 들어왔을 때, 나는 처음에 '춤꾼'이 아닌가 생각했습니다. 바람처럼 들어온 그이는 미당의 시에 나오는 재災가 된 신부新婦 모양으로 말없이 앉아있었습니다. 아침저녁 귀찮게 무엇이 벌떡 일어설 염려 같은 것은 안 해도 좋을 듯하였습니다. 그 바람에 나는 어떤 사연으로 산으로 떠나게 되었는가 따위의 질문은 할 수가 없었습니다.

시인은 세상의 아름다움뿐 아니라 추함도, 정의로움뿐 아니라 불의不義도, 기쁨만 아니라 슬픔도, 밝음뿐 아니라 어두움도 그리고 어지러움과 상처마저도 함께 끌어안고 가야 하지 않느냐는 따위의 상투스런 질문은 더더욱 할 수가 없었습니다.

그 대신 그의 몸에서 쉼 없이 흘러나오는 모악산 산음山陰의 깊고 어두운 향기를 맡았습니다. 비로소 김용택 시인이 "남준이를 한 번씩 만나고 와야 영혼의 때가 씻겨나간다."고 했던 말을 알 것도 같았습니다.

그러나 얼핏 연약해 보이는 식물형의 모습 저편에서는 언뜻 귀신도 도망갈 정도의 강단(실제 그가 사는 집은 무당이 버리고 간 집이고 한동안 밤이면 귀신에 시달렸다는 얘기도 들립니다.)이 느껴지기도 했습니다. 그와 함께 해맑은 모습 뒤에 숨겨진 단단하고 진한 고독의 빛도 보였습니다. 시인의 시보다 시인 그 자체에 더 관심을 기울이게 되어 미안한 일이기는 하지만, 도시에서 하도 목소리 큰 시인들을 많이 본 나는, 그 자신이 바로 시詩처럼 느껴지는 젊은 시인 쪽으로 쏠리는 관심을 어쩔 수 없었습니다.

나의 그러한 문학소녀적 관심이 부담스러웠는지 그는 사람들이 자신을 흔들림 없는 무슨 큰스님 바라보듯 할 때가 가장 곤혹스럽다며 자신은 전혀 그렇지 않다고 웃었습니다.

속속 도시를 떠나는 예술가들이 많아지고 있습니다. 바야흐로 우리는 산이나 바람이나 달빛을 노래하는 목가적 예술가들이 간단 없이 쫓겨나거나 내몰리는 시대에 이른 듯합니다. 시와 같이 읽고 음미하는, 기다려야 하는 문학을 도저히 견디지 못하는 그러한 시대를 만났습니다.

밤늦어 수라청을 나와 작별할 때 어두운 산길을 염려했더니, 시

모악산에서 산새와 물고기와 함께 사는
늙춤ㅅ 박남

시인의 초상 음지식물 같은 시인 박남준. 인적이 없는 산속에서 그는 버들치를 친구 삼아 살
고 있다.

인은 예의 그 해맑은 미소로 달빛이 밝혀주어 괜찮다며 웃었습니다. 어느덧 그에게는 사람보다 달빛과 버들치가 더 가까운 친구가 된 듯했습니다. 문득 "시인은 태어나는 것이다"라고 생각했습니다. 시인은 만들어지지 않고 태어나는 것이다. 제 속에 무엇인가가 시인을 그 길로 몰고 가는 것이다.

멀어지는 뒷모습을 바라보며, 그렇더라도 나는 우리의 시인이 하늘로 가는 사다리 같은 그 산길을 되짚어 언젠가 다시 도회의 불빛 속으로 돌아오기를 기대해봅니다.

저처럼 아름다운 감성의 시인들이 떠나간 도시란 너무도 쓸쓸할 것이기 때문입니다. 떠나간 시인들이 하나둘 다시 돌아오는 살 만한 세상, 꽃들이 일제히 터지는 것 같은 그런 세상은 이제 언제쯤 열리게 될까요.

박남준

朴南俊, 1957~

1984년 시 전문지 〈시인〉에서 작 품 활동을 시작했다. 주로 자연과 벗하며 길어낸 맑은 샘물 같은 청 정한 시편으로 독자들의 사랑을 받아왔으며, 1991년부터는 전주 인근 모악산의 버려진 무가巫家에 서 나무·풀·꽃·새 들과 교감하

며 물처럼 바람처럼 살아왔다. 2003년부터는 지리산으로 터를 옮겨 생활

하고 있다. 그의 시에는 생명을 가진 모든 존재를 안쓰러워하고 작고 눈물

겨운 것들 속에서 아름다움을 찾으려는 모습이 엿보인다.

시집 《세상의 길가에 나무가 되어》, 《풀여치의 노래》, 《그 숲에 새를 묻

지 못한 사람이 있다》, 《다만 흘러가는 것들을 듣는다》, 《적막》 등과 산문집

《쓸쓸한 날의 여행》, 《작고 가벼워질 때까지》, 《꽃이 진다 꽃이 핀다》 등이

있다.

강릉에서 보낸 마지막 편지
권오철

받아보십시오. 알지 못할 그대여. 이 빛나는 겨울 아침, 겨울 바다 앞에서 그러나 슬픈 이야기부터 꺼내게 됨을 용서하십시오. 수요일 새벽이었습니다. 어두운 방 안 가득히 전화벨이 울렸습니다. 강릉의 한 병원이라고 하였습니다.

권오철 씨가… 조금 전 운명하였습니다.

나는 불을 켜고 서재로 갔습니다. 책상에는 며칠 전 그로부터 온 편지가 놓여있었습니다. 편지에는 아직도 그의 체온이 묻어있는 느낌이었지만 그 새벽에 시인의 영혼은 지상을 떠나고 있었던 것입니다. 그가 마지막 보낸 편지에는 이런 글이 있었습니다.

또 겨울이 옵니다. 저는 겨울이 두렵습니다. 하지만 저는 다시 이 겨울을 이겨내려 합니다. 그래서 내년 봄 아름다운 시를 지어 보내드

생명의 나라로 한번도 육신을 활짝 펴서 걸어보지 못한 시인. 만물이 생동하고 평화로운 생명의 나라로 떠난 그는 이제 마음껏 걷고 뛰고 외치며 고통 없는 행복을 노래할 것이다.

리고 싶습니다.

매해 겨울은 그의 생명이 넘어야 할 산 같은 것이었습니다. 강릉에 사는 시인 권오철은 가슴 아래로는 거의 사지를 쓰지 못하는 중증 장애인이었습니다.

그런데 육신이 몹시 부자유스럽고 일 년 내내 병중에 사는 이 시인의 시가 그렇게 맑고 깨끗할 수 없었습니다. 무엇보다 그의 시에는 조금만치의 고통이나 원망의 흔적 같은 것을 볼 수 없었습니다.

처음 강원도 철원의 어느 분교에서 만나 교유한 지 십오 년이 훌쩍 넘었습니다. 나이 차이가 많이 나는 데다가 몸집도 자그마해서 나는 그를 "오철아, 오철아." 하면서 지냈습니다. 하지만 편지 쓸 때만은 '권 시인에게' 라고 시작했고, 그는 내가 그렇게 불러줄 때 황홀해했습니다.

잘 지켜지지는 못했지만, 매주 금요일을 권 시인에게 편지 쓰는 날로 정해놓기도 하였습니다. 시인은 그 정신의 키가 나 같은 속인은 아주 까마득 올려다볼 만큼 컸고, 불편한 몸이었어도 그가 있는 자리는 늘 화안했습니다.

신비한 일이었습니다. 김병종이라는 제목의 책은 페이지마다 늘 죄악으로 얼룩져있는데, 그의 삶은 언제나 순백이었습니다. 그래서 나는 그의 앞에 설 때마다 어떤 조바심 같은 것을 느끼곤 했습니다.

권 시인이 쓰는 말에는 '감사', '기쁨' 이런 말이 많이 나옵니다. 모르긴 해도 그가 쓰는 '감사'와 내가 사용하는 '감사'는 그 무게에 많은 차이가 날 것입니다. 그의 시를 읽을 때마다 나는 그 시가 기도이고, 일기이고, 독백임을 느끼곤 했습니다. 사지를 꿈쩍할 수 없는 작은 방에서 혼자 드리는 기도, 독백, 일기 말입니다.

이런 그의 시는 강릉 해변의 솔바람만큼이나 청량했습니다. 그러나 이 아름다운 영혼의 사람에게는 겨울 나기가 여간 고통스럽지 않았습니다. 찬바람이 나면 몸이 더 많이 아프고 호흡이 어려워져 늘 다음해 봄을 온전히 맞을런지 걱정했습니다.

그래서 권 시인은 겨울이면 역시 몸이 부자유스럽지만 한없이 착한 어린 아내와 함께 오랜 칩거에 들어가곤 했습니다. 조금씩만 먹고 움직이지 않으며, 그렇게 보내는 것입니다. 강릉 해당화가 꽃을 움틔우기 위해 잔가지와 잎들이 일제히 떨켜를 달고 고통을 참는 것과 같습니다.

유난히 춥고 지루했던 2000년 겨울도 권 시인은 그렇게 보냈습니다. 그러나 겨울이 고통스러운 만큼 그에게 봄은 보통 사람이 맞는 것보다 훨씬 감격스러운 것이어서, 마침내 얼음이 녹고 따스한 햇살이 문에 비칠 때면 몹시 들뜨고 설레어했습니다.

피가 도느라고 몸이 여기저기 가려워질 때면 그의 시 또한 새로운 생명력으로 가득 차는 것이 느껴진다 했습니다. 물론 봄이 되었다 해도 그의 육신은 스스로 움직일 수 없기 때문에 거의 방 안에 그대로 있어야 하지만, 그는 자신의 방에 난 작은 창을 통해 새로운 계절이 오고 있음을 누구보다 빨리 알아차렸습니다. 그 네모난 창으로 지나가는 공기가 훨씬 빨라지고 하늘의 색이 훨씬 투명해짐을 압니다.

누군가 그의 몸을 맑은 바람과 햇빛 속으로 옮겨주는 것을 그는 '화려한 외출'로 생각했습니다. 그래서 보통 사람이 비행기를 타고 휴가 가기를 기다리는 것만큼이나 그는 문 밖으로 떠나는 화려한 외출을 기다리곤 했습니다.

2000년 삼월 어느 날 그에게서 전화가 왔습니다. 새봄이 되고 처음 외출이 있던 날이라고 했습니다. 그의 목소리는 사뭇 떨리고 있었습니다.

"그래, 어땠지?"

나의 질문에 그가 더듬더듬 대답했습니다. 외마디 비명 같기도 하고 기도 같기도 한 기묘한 대답이었습니다.

"햇빛… 감사… 바람… 감사… 꽃… 감사."

나는 눈물이 핑 돌았습니다.

강릉은 해당화의 고장입니다. 바닷가 모래땅 아무 곳에서나 군락을 지어서 자라는 이 꽃은 봄이 무르익을 때에야 망울을 틔우기 시작합니다. 그러나 꽃이 피어나기 전, 잔가지에는 가시가 먼저 나고 두껍고 작은 잎들마다 가장자리에도 톱니들이 나있습니다. 이 가시

와 톱니들과 함께 잎 표면에는 주름이 많고, 뒷면 또한 털로 무성해
집니다. 담홍색 또는 하얀 한 송이 꽃을 피우기 위해 가시와 톱니와
주름이 고통스러운 몸살을 합니다. 수분을 아끼기 위해 떨켜를 달고
한겨울 내내 숨죽여 지내야 합니다.

아시다시피 강릉에는 해당화 같은 시인 허난설헌이 있었고 사임
당이 있었습니다. 가시와 톱니의 세월을 이겨 꽃을 피운 예술가들이
었습니다. 그리고 권오철이 있었습니다.

이 겨울을 이겨내고 다시 천지가 연둣빛으로 물드는 봄이 오면
아름다운 시를 지어 보내겠다는 권 시인의 약속은 이제 지키지 못하
게 되었습니다. 그가 그토록 사랑하던 작고 병약한 아내를 홀로 두
고 겨울이 없는 나라, 이별이 없는 나라, 눈물이 없는 나라로 떠나고
말았기 때문입니다.

달 밝은 밤 그 경포에서 술잔을 들면 강릉에는 다섯 개의 달이 한
꺼번에 뜬다 했습니다. 하늘과 호수와 바다와 술잔과 그리고 마음에
말입니다. 이 유난히 아름다운 시의 고장에 살면서 장애 시인 권오
철은 네 권의 시집을 남겼습니다. 그 시집들은 한결같이 참된 아름
다움이란 고통 속에서 건져올리는 것이라는 사실을 일깨워줍니다.

선교장 돌담을 거닐며 나도 권 시인을 흉내내어 읊조려봅니다.

햇빛… 감사… 바람… 감사… 꽃… 감사.

권오철

權吳澈, 1966~2000

강원도 강릉에서 태어난 중증 지체 장애 시인이다. 근이양증으로 하반신이 마비되는 고통 속에서 독학으로 고교 검정고시에 합격했다. 1989년 한 문예지의 추천을 받아 시작詩作 활동을 한 후 《어린 왕자를 잊은 이를 위한 시》, 《내 영혼 바람에 흔들리는 풀잎 같을지라도》 등 네 권의 시집을 냈고, 1999년에는 시화전을 열었다.

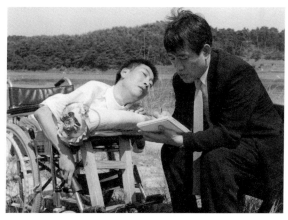

생전의 어느 해 봄 그가 살던 강릉 교외의 시골집에 갔다가 눈부신 햇살 아래로 함께 나왔다. 그날 그는 어린애처럼 기뻐했다.

베를린에서 만난 물푸레나무
진은숙

베를린, 그 고독한 영혼의 도시에 황혼이 내립니다. 반제Wannsee 호수를 끼고 남서로 길게 이어지는 그뤼네발트(Grünewald, 녹색 숲)의 끝자리에 있는 찻집입니다.

물가로 이어진 길을 따라 노인 하나가 늙은 개를 데불고 석양 속으로 걸어가는 모습이 보입니다. 나무들은 보일 듯 말 듯 바람에 흔들리며 일제히 물 쪽으로 잎사귀들을 드리웠습니다. 석양빛 속의 나뭇잎들은 비눗방울처럼 반짝입니다.

문득 얼마 전 쿠담Kudamm 거리의 오래된 초콜릿 가게에서 만난 '물푸레나무 그림자 같은 여자' 하나가 떠오릅니다. 작곡가 진은숙. 스무 해 만에 본 얼굴인데도 그녀는 옛날 대학 교정에서 보던 분위기와 별반 달라지지가 않았습니다.

기억 속에서 저물녘이면 서울대 관악 캠퍼스 미대 맞은편의 음대

그뤼네발트의 새

그뤼네발트의 새 서울에서 반제 호숫가의 오래된 숲으로 날아와 둥지를 튼 작곡가. 모든 예술적 시도와 실험을 품고 곰삭여 숙성시키는 베를린의 분위기는 이방의 예술가에게 제2의 고향이 되었다.

건물 쪽에서 악보며 책을 가슴에 안고 걸어 나오던 그 여학생은 늘 혼자였고 늘 고개를 숙이고 있었습니다. 삼삼오오 무리 지어 즐겁기만 한 그 나이 또래의 분위기와는 어딘지 다른, 음지식물처럼 보이던 모습이었습니다.

하지만 몇 년이 안 가 명성 높은 국제작곡콩쿠르에서 연이어 입상하기 시작하면서, 어린 나이에도 불구하고 그녀의 이름은 관악 캠퍼스에서 알 만한 사람은 다 아는 이름이 되어버렸습니다.

그러나 대학 졸업과 함께 행방이 묘연해져버렸고 그 떠오른 이름도 잊혀져갔습니다. 스승 강석희 교수의 음악 행로처럼 그녀도 독일로 갔다는 사실을 몇 년 후에야 알게 되었을 뿐입니다.

어떻게 해서 베를린으로 오게 되었느냐는 것이 그 초콜릿 가게에서 이십 년 만에 만났을 때의 내 첫 질문이었습니다. 그녀는 "예술가가 숨어 일하기 좋은 도시여서"라며 웃었습니다. 처음에는 함부르크 Hamburg에 있었지만 살아보니 자기 공간 속에 깊이 침잠하여 작업하기에 베를린만 한 곳이 없더라는 대답이었습니다.

실제로 이 도시에는 음악, 영화, 연극, 미술, 문학 등 예술의 전 영역에 걸쳐서 숨어있다시피 나타나지 않고 일하는 세계적 거장들이 많다는 것이었습니다. 그들은 한결같이 자기 세계에 깊이 침잠하여, 있는 듯 없는 듯 그렇게 지내다가 한 번씩 자신의 생애를 걸어도 좋을 만큼의 것들을 들고 나타난다는 말입니다.

예컨대 하나의 예술이 곰삭아 숙성하기까지 끈기 있게 기다려주는 곳이 베를린이라는 것이었습니다. 그런 점에서 베를린은 예술가들을 흡인하는 도시이면서 동시에 내치기도 하는 무서운 도시라고 했습니다. 올 때마다 느끼는 것이지만, 확실히 이 도시에서는 그 어떤 정신적인 힘 같은 것이 느껴집니다. 동과 서가 만나 일으키는 스파크 같은 것이라 해야 할까요.

숲과 물에서마저도 호주처럼 한없이 밝기만 하지 않고 적절한 음영이 섞여있어서 더 그렇게 느껴지는지도 모르겠습니다. 분명 이방異邦의 예술가들이 빠져들 만한 신비한 요소들을 지니고 있는 것만 같습니다.

어쩌면 분단 이후 실로 오랜 세월 섬처럼 고립되었던 곳이어서 고독한 도피를 꿈꾸는 예술가, 흔들리고 상한 영혼의 예술가 그리고 두 이념 사이를 방황하는 예술가들을 더더욱 보듬어 안을 수 있는 것인지도 모르겠습니다. 굳이 윤이상 선생을 예로 들 필요도 없이 이런 베를린을 예술적 고향으로 삼아 허다한 망명 예술가들이 오늘도 이 도시로 가방을 들고 찾아온다는 것입니다. 모든 예술적 시도와 실험들을 안으로 끌어당겨 곰삭게 하는 그 어떤 힘이 끝없이 가벼운 미국풍 현대 예술에 식상한 사람들을 불러들이나 봅니다.

예술 도시 베를린에는 실로 수많은 공연장과 연주장 그리고 박물관과 미술관, 극장과 화랑들이 자리하고 있습니다. 특히 음악적 면

베를린의 진은숙 자그마한 몸집에 반짝이는 눈빛. 윤이상에 이어 세계 최고의 현대 작곡가로
인정받은 그의 음악은 일상의 논리를 전복하면서도 난해하지 않아 듣는 이를 매혹시킨다.

면이 화려합니다. 유명한 레코드회사 텔덱과 도이체 그라모폰이 있고, 카라얀(Herbert Von Karajan, 1908~1989)이 지휘했던 세계 최고의 베를린 필하모닉 오케스트라와 블라디미르 아쉬케나지(Vladmir Ashkenazy, 1937~)나 켄트 나가노(Kent Nagano, 1951~) 같은 사람의 이름이 걸린 도이치 심포니 오케스트라가 있습니다.

서울대에서 경제학을 공부하고 베를린에 와서 전공을 바꾸어 텔덱에서 다니엘 바렌보임의 오케스트라 녹음을 담당했던 음향학자 이두현은 "베를린의 거대한 음악적 분위기에 빠져 정신을 차릴 수 없었고, 어느 날 보니 경제학을 전공했던 내가 텔덱의 녹음실에 있었다."며 웃었습니다.

어쨌든 이 음악 도시 베를린에 와서 진은숙은 작곡가로서의 재능을 유감없이 드러내어, 윤이상에 이어 한국 작곡가로서 후폭풍을 불러일으키고 있습니다. 이미 세계의 작곡계를 이끌 다섯 명의 차세대 작곡가에 오른 바 있는 그녀는 위촉 받은 작곡만으로도 수년 후까지 일정표를 꽉 채울 정도로 유럽 음악계의 중요 인물이 되었습니다. 전자 음악을 비롯, 여러 형태의 현대 음악을 폭넓게 넘나들며 그녀는 이제는 숨어있기 좋은 이 베를린에서도 더 이상 숨어있기 어려운 사람이 된 것입니다.

숲은 어느새 깊은 고요 속으로 빠져들고 있습니다. 바야흐로 저 깊고 푸르른 어두움의 베를린이 시작되는 시간입니다. '어두워지자

길이/그만 내려서라 한다.'는 이문재의 시(〈노독〉)처럼 이제 이곳을 떠나야 할 시간입니다.

문득 이 느낌을 그림이 아닌 소리로 잡아낼 수 있다면 하는 생각과 함께, 다시 '물푸레나무 그림자 같은' 얼굴이 얼핏 떠오르다 사라졌습니다.

綠

진은숙

陳銀淑, 1961~

서울대 음대에서는 강석희 교수에게, 함부르크 음대에서는 리게티 교수에게 사사하며 작곡가의 길로 나섰다. 1983년 캐나다 세계 음악제 입선을 시작으로, 2004년에는 음악계의 노벨상이라 불리는 그라베마이어 상을 수상했다. 2001년 도이치 심포니 오케스트라의 초빙 작곡가로 위촉돼 작곡한 〈바이올린 협주곡〉으로 이 상을 수상하면서, 세계 최고의 작곡가 반열에 당당히 합류했다. 베를린 필하모닉 오케스트라 상임 지휘자인 사이먼 래틀도 세계 작곡계를 이끌 차세대 5인 가운데 한 명으로 그녀를 지목한 바 있다.

2006년부터 3년 동안 서울 시립 교향악단의 상임 작곡가로 활동하면서, 정명훈 예술 감독과 함께 현대 음악 프로그램을 공동 기획하고 담당하고 있다. 튼실한 정통적 기반 위에서 유연하고 열린 사고로 세계와 호흡하는 오케스트라를 만들어내는 것이 그녀의 목표다.

생을 구원하는 이 고운 묵선墨線
노은님

이제 내 나이 쉰이 넘으니 한국에서 태어나고 산 세월의 반 이상을 독일의 함부르크에서 지낸 셈이다. 무슨 영문인지도 모르고 엊그제 벙어리가 된 채 독일로 팔려온 것 같은데, 벌써 27년이 지났으니 세월이 참 빠르다….

공원의 긴 의자에 할 일 없이 앉아있는 노인들이 부럽다. 그 긴 세월을 잘 넘겼으니 말이다. 나는 아직도 가끔 낚시꾼에게 붙잡혀온 물고기처럼 퍼덕거린다. 내게 예술이 없었다면 아마도 미쳐버렸거나 죽어버렸을지 모른다. 독일은 나의 그림쟁이 소질을 발견하고 키워준 고마운 나라다.

—노은님의 《내 고향은 예술이다》 중에서

물과 자유의 도시 함부르크입니다.

베를린에서 이곳까지 오는 자동차 안에서, 언젠가 읽었던 화가가 쓴 글의 글귀가 차창으로 스치는 풍경처럼 토막토막 떠올랐습니다. 그 뒤로 처음 그녀를 만났을 때의 독특한 인상이 겹쳐졌습니다. 어떤 외국 아트페어의 전시장이었는지, 국내 화랑이었는지 기억은 확실치 않지만 어쨌든 어린애 그림처럼 보이는 커다란 물고기 그림들 사이에 서서 금방 잠에서 깬 듯 부스스해 보이는 얼굴과 머리모양으로 천진하게 웃던 모습입니다.

그 모습은 수년이 흘러 그녀가 재직하는 이곳 함부르크의 한 미술 대학 연구실에서 다시 만났을 때도 변함이 없었습니다. 방학 중이었지만 이 학교에서 매년 시행하는 '서머 아카데미' 때문에 눈 코 뜰 새가 없다는 그녀는, 내게 대학 실기실의 이곳저곳을 서둘러 보여주고 나서는 어서 시내로 나가자고 재촉하였습니다. 성 요하네스 교회당과 한 개인 병원에 설치된 자신의 작품을 보여주고 싶다고 말했습니다.

교회당으로 가는 차 안에서 그녀는 독일과 같은 나라에서 아시아 미술가로 사는 어려움을 토로하였습니다. 공모전에 입상하거나 시에서 주는 후원금을 받을 때 혹은 건물에 조형물을 설치할 때마다, 그녀와 친하던 미술가 친구들이 꼭 한두 명씩은 떨어져 나간다고 씁쓰름하게 웃었습니다. 길가에 나뒹구는 돌멩이 같던 자신을 발견하여 숨은 보석으로 빛나게 해준 독일이 고맙기는 하지만, 예술가들의 세계는 숨 막히는 경쟁의 연속으로 꽉 차있을 뿐이라고 깊은 한숨을 내쉬었습니다.

특히 아시아인인 자신을 바라보는 따가운 시선을 느낄 때면 별수 없는 이방인임을 실감하게 되고, 그런 날엔 어렸을 적 개구리 울음소리 들리던 시골 툇마루에서 쏟아질 듯한 별무리를 보며 누워있던 때가 왈칵 그리워진다고 했습니다.

차창으로 지나치는 함부르크 시내의 풍경은 독일의 여느 도시같이 지나치게 정돈되고 깔끔한 느낌보다는 텁텁한 항구 도시의 분위기를 드러내고 있었습니다. 나는 도시의 그런 분위기가 이 아시아의 화가에게 묘하게 맞는 것 같다고 느꼈고, 그녀도 고개를 끄덕여 동의했습니다. 확실히 머리끝에서 발끝까지 논리적이고 이성적인 이 독일 사회와, 그림도 사람도 뭉실뭉실한 자신이 천생연분으로 조화되는 데가 있는 것 같다며 웃었습니다.

어쩌면 바로 그런 점 때문에 과거 간호 보조원과 면사무소 직원으로 전전하던 자신이 생각지도 못했던 화가가 되고 대학 교수까지 되어 독일 땅에 발붙이고 사는 것 아니겠느냐고 했습니다. 하지만 때때로 의식의 맨 밑바닥에서는 언젠가 돌아가야 할 것 같다는 생각이 불쑥 고개를 쳐들곤 한다고 했습니다.

어쩌면 함부르크가 항구 도시이자 상업 도시여서 배가 들고 날 때마다 사람이 들어오고 떠나는 것을 바라보며 더 그러는 것 같다고

화가의 얼굴 독일에서 뒤늦게 화가로 변신한 노은님. 그림에 대한 천부적 재능을 발견해준 독일이지만, 지금도 고향의 개구리 소리와 별무리는 가장 그리운 대상이다. 그래서인지 단순한 선으로 구성된 그의 그림에는 한국적 아름다움이 있다.

했습니다. 이야기를 나누는 중에, 차는 고풍스러운 한 교회당 앞마당에 섰습니다. 그녀가 보여준 교회당의 유리그림은 종교적인 엄숙주의 같은 것은 느낄 수 없이 동화적이고 밝은 내용이었습니다. 그것은 갤러리처럼 꾸민 병원 벽 그림에서도 마찬가지였습니다. 이 천의무봉天衣無縫한 낙천성과 동화 세계야말로 무겁고 딱딱한 독일 미술계가 그녀를 받아들인 이유라고 나는 생각하였습니다.

　마지막으로 가본 그녀의 화실은 한 낡은 빌딩의 3층에 있었습니다. 넓지 않은 공간은 그리다만 그림과 재료들로 북새통같이 어지러웠습니다. 주로 한지에 먹물로 그린 검은 새며 물고기 같은 추상들 속에서 그녀는 "이것들이 나를 건졌어요"라고 말했습니다.

　독일말도 못한 채 처음 왔을 때 참으로 막막했어요. 병원 일이 끝나면 숙소에 돌아와 자폐증 환자처럼 그림만 그렸지요. 그림 그리기만이 유일한 숨쉬기였고 탈출구였어요.

　어느 날 우연히 내 그림을 본 간호부장이 함부르크 미술 대학의 한 교수에게 소개했는데 그 길로 특례 입학이 되어 미술 대학생으로 변신했어요. 6년여 동안 병원의 밤 근무를 하면서 대학에 다녔는데 동양에서 온 사투리 같은 나의 투박한 그림이 먹혀들기 시작했지요. 때마침 독일에서는 현학적인 미술 이론과 논리정연한 그림을 지겨워하며 손맛이 나는 '못 그린' 그림에 매료되는 시기였고…. 뚝배기

맛 같은 투박한 내 그림이 그들의 눈에 띄기 시작한 겁니다.

그러나 정작 미술 대학을 졸업하고 나서는 다시 광야에 팽개쳐진
듯 막막했지요. 수년간의 악전고투 끝에서야 마침내 화가로서 겨우
한자리를 차지하게 되어 국제 아트페어에 얼굴을 내밀면서 상업 화
랑들과도 관계를 맺게 되고, 미대 교수까지 되었어요.

그녀는 자신이 새·나무·풀·물고기·별 같은 자연의 세계를 그
리는 이유는 그 속에서 고향을 발견하기 때문이라고 하였습니다.

"어렸을 적 친구였던 맑은 시냇물 속의 민물고기와 풀밭의 날것
들이 내 그림으로 줄줄이 나오는 것을 독일 사람들은 기이하게 봅니
다. 그들은 꼼지락거리는 그 원초적인 생명체들에 매료되는 것 같아
요. 사람은 결국 이렇게 나이 먹고 어른이 되어도 자기를 키워준 유
년의 환경에서 한 발짝도 못 벗어나는 듯해요."

이 대목에서 나는 다시 문득 그녀가 바로 위의 언니에게 썼다는
편지 한 토막이 떠올랐습니다.

어느 날 언니는 내게 편지를 했다. 이젠 조용히 그림을 그리며 먹고
살고 있다는 내 소식에 대한 답장이었다. 편지에서 언니는 도대체
어떤 사람들이 그런 그림을 사는지 궁금하기만 하고, 어떻게 그림으
로 먹고살 수 있는지 이해가 안 간다고 했다. 난 그림으로 사는 것이

아니라 사실은 동물을 팔아 사는 것이라고 답장을 해주었다.

이국땅 독일에서 뒤늦게 화가가 된 한국 여자 노은님. 나는 그녀를 볼 때마다 한 사람의 인생이 이렇게도 바뀔 수 있는 것이로구나 하고 경탄하지 않을 수 없습니다.

30여 년의 독일 생활 속에서도 한국의 들길에서 만남직한 시골 아주머니의 분위기를 그대로 간직한 그 여자 노은님은, 몸은 독일에 있지만, 정신은 여전히 그녀가 나서 자란 한국의 시냇물과 들판을 맴돌고 있습니다. 그 여자야말로 두 개의 세계를 한 가슴에 끌어안고 사는 불가사의한 여자였습니다. 알 수 없는 생명체와 부호로 가득한 그녀의 그림처럼 말입니다.

노은님

盧恩任, 1946~

사진 | 신티

전북 전주에서 태어나, 포천군 면사무소에서 결핵 관리 요원으로 일했다. 1970년 독일 간호보조원을 자원하여 함부르크로 떠난 뒤, 낯선 이국 땅의 고통에서 벗어나기 위해 그림을 그리기 시작했다.

1972년, 병원의 주선으로 연 '여가를 위한 그림 전시회'의 작품들이 함부르크 국립조형예술대학 교수의 눈에 띄어, 추천으로 이듬해 입학했다. 그 후 6년 동안 밤에는 간호조무사로 일하고 낮에는 한스 티만 교수와 카이 슈덱 교수에게 미술 지도를 받았다. 1990년부터 현재까지 함부르크 국립조형예술대학 교수로 있다.

화선지 위에 생명체로 보이는 형태를 두터운 묵선으로 간단하게 마무리 짓는 기법이 그의 특징인데, 주로 소·고양이·물고기·새·나무 같은 자연물을 형상화하고 있다. 한국과 독일을 비롯한 여러 나라에서 개인전을 열었다.

옛 수묵화 속으로 걷다
치바이스

오래된 고가구처럼, 시간이 고여있는 도시 베이징입니다. 푸지에傅杰 같은 쟁쟁한 서예가들이 휘갈겨쓴 먹글씨들이 판각板刻되어 상호로 내어걸린 베이징은 필묵의 고향 같은 곳입니다.

화선지에 먹이 번질 때마다 가슴으로 번져오는 듯한 느낌이 좋아 '동양화'를 택한 나로서는 옛 전통이 살아 숨 쉬는 이 도시에 올 때마다 남다른 가슴 설레임을 어쩔 수가 없습니다.

컴퓨터 문화가 세상을 뒤덮어버리면서 미술 또한 숨 가쁘게 변해가는 오늘날, 묵향이 스며있는 이 유서 깊은 왕조의 도시에 와서, 새삼 동아시아 문화 예술의 운명을 가늠해보는 것입니다. 고古와 금今이 함께 숨 쉬는 필묵의 종주宗主와 같은 이 도시는 특히 앞서간 우리네 선비와 예인들의 족적이 곳곳에서 짚이는 공간이기도 합니다.

텐안먼天安門에서 멀지 않은 류리창瑠璃廠이라는 골동 거리도 그런

곳 중의 하나입니다. 희끗한 눈발이 날리고 있는 그 무채색의 거리를 거닐면 옛 수묵화 속으로 걸어들어가는 느낌을 받게 됩니다.

서울의 인사동 거리를 몇 배로 늘려놓은 것과 같은 이 골목 깊은 서화와 골동의 거리는 조선조의 우리 선비들로부터 오늘의 나에 이르기까지 필묵과 관련을 가진 이에게는 '열린 박물관' 같은 곳입니다.

《열하일기》에서 박지원이 천주당의 서양화 벽화를 가까이 보고 "바람벽과 천장의 그림이 번개처럼 번쩍여 눈을 뽑는 것 같았다."며 놀라움을 금치 못하던 이 거리는, 우리 선비들에게 새로운 문물과 정보의 바다 같은 곳이었을 것입니다. 박지원, 박제가 같은 실학자들 뿐 아니라, 《조선불교통사》 같은 명저를 쓴 이능화 선생 같은 이도 이 거리와 인연이 깊은 사람이었습니다.

좁은 땅에 살던 우리 선비들은 베이징에 오면 설레는 마음으로 이 류리창 거리를 찾았고, 그 풍부한 필묵 재료와 전적이며 서화 구경에 해지는 줄 몰랐던 것입니다. 이 거리에는 특히 단계연端溪硯 같은 좋은 벼루나 전황 같은 고급 인재印材들을 파는 명가들이 줄지어 있어, 동양 삼국 문사들의 눈길을 황홀하게 빼앗곤 했습니다.

문득 낙관용 인장을 삼백 개나 가졌다고 해서 '삼백석인부옹三百石印富翁'이라 불리기도 했던 필묵화의 옛 대가 치바이스齊白石가 떠오릅니다. 생전에 그가 이 거리에 나타나면 필방의 주인들은 유리문 너머로 알아보고 하던 일 밀쳐두고 문간에 나와 읍하여 예를 표했다 합니다.

종이에 필묵을 주로 써서 그리는 그림을 중국화·한국화로 나누어 부르지 않고 그냥 동양화라고 부르던 시절에, 우리나라의 허다한 화학생畵學生들도 그를 마음으로 사숙했지요. 필묵으로 그리는 그림이 미술의 중심이던 시절, 그의 세계는 화학생들이 거쳐가야 할 하나의 '학교'처럼 여겨졌습니다. 우리나라의 원로 화가 한 분은 소싯적 그의 베이징 화실까지 직접 찾아와, 그의 문하에서 그림을 배웠다 합니다.

새우며 물고기, 게와 닭 같은 하찮아 보이는 목숨붙이들에 순식간에 생명을 불어넣는 그의 붓놀림은 가히 탄성을 자아낼 만했습니다. 그 명성이 서양까지 퍼져나갈 정도였지만, 그의 사후, 화실이 있던 옛집은 황폐하기 그지없었습니다. 한때 많은 사람들이 우러러 마지않았던 그의 작품 세계는, 인민이 굶주림에 허덕일 때 한가하게 새우 따위나 그리고 있었다 하여 문화혁명 시절 호된 비판의 대상이 되고 말았습니다.

나는 십 년 간격을 두고 베이징에 와서 그의 옛집을 두 번 찾았습니다. 그리고 두 번째는 찾지 않는 편이 나았다고 생각했습니다. 이 류리창에서 멀지 않은 한 조용한 후퉁(胡同, 뒷골목)에 있는 그 노대

베이징 경극京劇 중국 예술은 역사적 소재와 전통의 미학을 중시하는데, 대중의 폭넓은 사랑을 받는 경극도 마찬가지다.

가의 집은 외곽으로 밀려나버린 필묵화의 운명처럼 그 남루함이 차마 보기 딱할 정도였습니다.

처음 방문했을 때는 그래도 그의 손자가 먹 갈다 일어나 반겨주었지만, 두 번째 다시 찾아갔을 때에는 그마저 부재 중이었습니다. 비스듬히 열린 대문간에는 눈이 짓무른 늙은 개 한 마리가 앉아있다가 게으르게 일어나 자리를 비켜주었을 뿐입니다. 마당을 사이에 두고 여러 가구가 모여 사는 쓰허위엔四合院에는 줄줄이 빨래가 널려있었고, 그 사이로 노대가가 쓰던 화실이 보였지만 자물쇠가 굳게 채워져있었습니다.

한 소녀가 섬돌에 앉아 중국식 짠지인 자차이를 곁들여 국수를 먹다 말고 허연 흰자위의 눈으로 쳐다보았는데, 왈칵 고궁固窮의 냄새가 밀려왔습니다. 한 아름 비애만을 안고 나는 그 집 앞에서 천천히 돌아섰습니다. 그 후 그 집이 곧 헐리게 되리라는 소식을 접하게 되었습니다.

세상에 못된 것이 새것만을 좇는 우리 눈의 덧없음인 듯합니다. 그 박덕한 습관 때문에 웬만한 것은 보이는 순간 낡은 것이 되어버리는 것입니다. 더 자극적인 것, 더 새로운 것을 좇는 우리 눈의 버

베이징 서커스 첨단 디지털 시대에도 베이징 서커스에 대한 호응과 열기는 식지 않는다. 몸과 몸이 직접 부딪히는 이 아날로그적 무대에는 소란과 흥분에 뒤섞인 비애가 있다.

치바이스의 옛 집 앞 동양화의 대가였던 그였지만, 문화 혁명 때는 비판의 대상이 되었다.

릇은 미술판이 유독 심한 것 같습니다. 슬프게도 옛 대가 치바이스가 이루었던 세계 또한 오늘의 화학생들에게는 한갓 시골풍의 옛 그림으로 비쳐지는 것은 아닐까요.

류리창의 끝까지 갔다가 다시 큰 길로 나오니 어느새 거리는 어두워졌습니다. 자전거를 개조한 손수레에 솥과 가재도구를 싣고 어디론가 떠나가는 일가가 보입니다. 김이 오르는 국수집에서 중국식 물만두인 훈둔을 먹으며 행복해하는 얼굴도, 왁자하게 지나가는 한 무리의 노동자들도 보입니다. 나의 우수憂愁와는 상관없이 서민들의 저녁거리만은 삶의 냄새들로 후끈합니다.

문득 필묵을 풀어 빠른 붓놀림으로 저들의 표정을 잡아내고 싶다는 열망에 사로잡히게 됩니다. 이런 꿈틀거리는 열망이 있는 한, 필묵 그림의 장래 또한 죽지 않고 이어질 것이라는… 류리창에서 가져보는, 모처럼 장한 생각입니다.

치바이스
齊白石, 1860~1957

중국 화가로, 바이스白石는 호, 이름은 황璜,

별호로 부평초 노인浮萍草萍翁, 차산음관의 주

인(借山吟館主者), 삼백석인부옹三百石印富翁 등

이 있다. 40세 무렵까지 고향에서 소목장小

木匠을 업으로 하면서 생계 유지를 위해 그

림을 그리다가 화초, 영모翎毛, 초충류草蟲類

의 명수로 알려지게 되었다.

처음에는 송宋·원元의 그림에 깊은 인상을 받고, 12세기 송나라 시인 육방

옹의 시에서도 자극을 받아 시·서·화를 배웠으며, 전각篆刻에도 솜씨가 있었다.

1917년 베이징에 정착하여 그림을 그리고 전각을 하며 시를 지었다. 1927

년 국립 베이징예술전문학교 교수가 되었으며, 1949년에는 중앙미술학원 명예

교수로 초빙되었다. 1953년에 중국미술가협회 주석으로 당선되었으며, 문화부

로부터 '인민 예술가' 칭호를 받았다. 1963년 세계평화의회에서 선정하는 '세

계 10대 문화 거장'으로 꼽혔다.

젊음이 출렁, 실험이 꿈틀하는 예술의 전방
젊은 피카소들

그대 아름다운 영혼의 사람이여.

이 봄에 그대는 눈부시게 서있는 푸른 나무 한 그루입니다. 그리고 나는 그 나무 위를 외롭게 맴돌다 가는 한 마리 새입니다. 마침내 스며든 봄기운에 땅은 지진처럼 흔들립니다. 겨우내 매캐한 연구실의 서책 내음과 화실의 어두운 묵향 속에 묶여있다가, 주문의 덫에서 풀려난 듯 나는 어떤 거리로 봄 마중을 나갑니다. 사람들이 '피카소 거리'라고 부르는 곳입니다.

바야흐로 젊음과 사랑이 출렁거리고 예藝의 기운이 아지랑이처럼 피어오르는 곳입니다. 실험 예술과 언더그라운드 문화가 꿈틀거리는 곳입니다. 골목길 담벼락까지 벽화가 그려진 미술의 동네입니다. 밤이면 펑크와 테크노 라이브 음악이 진동하는 곳입니다. 산천의 봄은 남녘에 먼저 왔지만 서울의 봄은 이 거리에 먼저 와있습니다.

피카소 거리에서 미술과 음악과 젊음이 출렁거리는 언더그라운드 문화의 거리에는 늘 봄과 열정이 충만하다.

한 카페의 문을 열고 들어가봅니다. 몇몇 20대들이 흩어져 앉아 사랑의 언어들을 나누고 있는 모습이 보입니다. 흰 거품이 피어오르는 카페라테 한 잔을 시켜놓고 창밖의 풍경을 바라봅니다.

문득 '저 나이에 봄은 내게 형벌과 같았는데… 꽃이 터지는 것도 아픔이었고 햇빛 눈부신 것도 눈물겨웠는데….' 라는 생각이 스치고 지나갑니다.

유리창 밖으로 바라보이는 거리는 마치 물구나무선 몬드리안의 추상화처럼 간판들로 화면을 이루고 있습니다. 이탈리아어, 독일어, 프랑스어부터 한글에 이르기까지 없는 간판이 없습니다. 미술 학원과 화방과 재즈댄스 교습소와 출판사와 맥주집과 카페들이 허공에 화면을 이루는 이 거리를, 사람들은 흡사 몽마르트같이 생각하고 찾아드나 봅니다. 정신의 허기虛氣를 느끼는 사람들일수록 일몰이 되면 이 거리로 찾아오는 듯합니다.

한때 그림은, 특히 내가 하고 있는 동양의 그림은 지적知的이거나 학문적 소산의 그 무엇이어야 하던 때가 있었습니다. 문사철文史哲에 두루 밝은 연후에라야 비로소 예藝가 꽃피워진다는 생각 때문이었습니다. 그러나 어느덧 미술은 처음부터 끝까지 감성의 문제로 되었습니다. 그것은 더 이상 고색창연한 서실에서 태어나지 않고 생기발랄한 감성 속에서 꽃피우는 것이 되었습니다.

누구보다 그림에 있어 이론이나 독서를 강조해오던 처지이지만,

이제는 나도 내가 가르치는 학생들을 감성 해방 쪽으로 풀어놓아야 겠다는 생각을 하게 됩니다. 알 수 없는 생기와 생명력으로 출렁대는 홍대 앞 피카소 거리에 올 때면 특히 그걸 느끼곤 합니다.

특색 없고 건조하고 각박한 서울에서 동네 하나가 온통 미술이나 음악의 분위기가 주도하여 이루어졌다는 것은 재미있는 일입니다. 겨우내 음모처럼 피워올린 예술적 시도들이 이제 음악과 미술로 이 거리에 꽃피워질 것입니다. 그러길래 이 피카소 거리는 예藝의 가능 원可能園입니다.

몸담고 있는 관악산 주변의 을씨년스러운 분위기가 싫어, 나는 이른 봄과 늦은 가을 홀로 이 거리를 찾아오곤 합니다. 이념의 가파른 등성이를 넘어오며 시대의 칼바람을 맞았던 관악에서는 아직도 지축을 흔들던 함성의 여진들이 남아있는 느낌입니다. 봄이 왔다고는 해도 풀잎마다 아직도 매운 최루탄 연기가 스며있는 듯합니다. 유난히 겨울이 빨리 오고 긴 듯이 느껴지는 이유도, 관악산의 산그늘이 깊어서만은 아닐 겝니다. 지나간 아픈 시대의 춥고 스산한 풍경을 아직 온전히 벗어나지 못한 까닭일 겝니다. 그래서 봄이 와도 그곳에서는 어쩐지 활짝 웃는 것마저 죄가 될 듯한 분위기입니다.

피카소 거리에 와서야 나는 비로소 강물처럼 부드럽게 밀려와 도시를 헤집어놓는 봄의 기운을 느낍니다. 땅속 깊은 데로부터 올라오는 먼 함성 같은 봄의 소리를 듣게 됩니다. 살갗을 간질이는 햇빛에

선인장의 생명력처럼 척박한 땅에서 질긴 생명력으로 꽃을 피운 선인장처럼 오늘도 피카소 거리에서는 문화와 예술의 젊은 시도들이 끊임없이 행해진다.

그 힘을 주체하지 못해 동서남북에서 모여든 사람들이 내지르는 함성입니다.

갑자기 거리가 소란해진다 싶더니 문이 열리고 오뉴월 소낙비를 맞고 선 초목들처럼 싱싱한 젊음들이 밀려옵니다. 내 주위는 삽시간에, 해초 사이를 유유히 유영하는 인어들처럼 미끈한 다리를 드러내고 생명력을 발산하는 스무 살 안팎의 젊음들로 채워집니다. 그들의 소란한 언어는 카페의 천장과 유리창과 내 찻잔 위까지 마구 날아다니고 혹은 부서집니다.

그런데 그 모습들을 바라보며 식어버린 카페라테 한 잔을 다 마시기도 전에, 나는 이상한 공복감 같은 것을 느끼게 됩니다. 화사한 의상과 떠들썩한 언어에도 불구하고 어떤 '결여'에서 오는 정신적 공복감 말입니다.

'결여'는 카페의 유리문 앞으로 지나가는 차고 넘치는 아름다움마다에서도 한결같이 느껴져왔습니다. 하나같이 아름답기는 한데 톡 쏘는 콜라 맛 같은 감각만이 출렁댈 뿐 도무지 여운이 없습니다. '아름다움'이라는 말뜻이 진실로 포괄해야 할 안온한 눈빛이나 훈훈함, 자기 희생 같은 그 어떤 것이 피카소 거리에는 비어있습니다.

그렇습니다. 예전 피카소 거리는 광기와 난폭의 어떤 점령군들에게 점령되어버린 느낌입니다. 음악과 춤과 맥주와 흐느적임이 있지만 그저 그뿐입니다. 그 이름이 무색하게 이곳이 화가 마을, 예술인촌의 빛과 색을 잃어가는 현실이 안타깝기만 합니다.

피카소까지는 아니더라도 헐렁한 작업복 차림으로 작업실의 나무 계단을 걸어오는 중년 혹은 노년의 조각가나 화가 한두 사람쯤만 발견할 수 있었데도, 거리의 분위기는 훨씬 달라질 수도 있었을 거라는 아쉬움이 남습니다. 제대로 된 예술의 거리 하나 없는 서울에서 나는, 피카소 거리가 제발 또 하나의 카페촌이나 먹자 골목으로 전락하지 않고, 우리나라 예술의 희망 1번지로 남겨지기를 소원합니다. 우리 모두 그리워하고 사랑하는 공간으로 말입니다.

하늘이 좀 어두워진다 싶더니 금세 유리창에 비슥이 빗줄기가 흐릅니다. 이제 다시 일어나 내가 떠나왔던, 산그늘 짙게 드리우고 있을 관악산으로 돌아가야 할 시간입니다.

이 피카소 거리가 장차 20대만의, 미대생만의 거리가 아니라 프라하와 부다페스트와 베를린 혹은 잘츠부르크 같은 도시에서와 같은 묵직한 예술적 여운이 감돌기를 소원합니다.

그때 백발을 휘날리며 홍대 앞 오르막을 넘어 찾아온 내가 이 거리에서 피카소같이 사랑받는 예술가를 여럿 만날 수 있다면, 그 또한 행복한 일이 될 것 같습니다.

피카소 거리

젊음과 미술, 언더그라운드 문화의 상징이 된 홍익대학교 앞의 한 거리를 이른다. 14~5년 전부터 홍익대 출신의 젊은 미술가들이 학교 인근의 골목과 거리 담벼락에 벽화를 그리면서부터 이렇게 불리기 시작했다. 거리 벽화의 물결로 회색빛 골목이 생기 넘치는 거리 미술관에는 수많은 라이브 카페와 공연장들이 들어서, 젊음과 언더그라운드 문화를 상징하는 거리가 되었다.

　매주 주말에는 젊은 작가들이 직접 제작한 작품을 대중에게 파는 프리마켓과 희망시장이 열리며, 8월에는 정형화된 장르와 표현 양식을 거부하는 젊은 예술가들의 자발적인 축제인 '서울프린지페스티벌'이 개최된다.

사진 | 조제근

젊은이들이 모여 예술을 실험하는 피카소 거리에는 감각적인 벽화들이 곳곳에 가득하다.

통영으로 향하는 꿈속의 나비
윤이상

J, 아름다운 통영의 밤입니다.

강구항江口港에 정박한 선박의 불빛들이 수면에 조용히 흔들립니다. 어등漁燈이 켜지면서 저 항구의 어느 목조 선술집에는 지금쯤 뽈락구이가 익어갈 것입니다. 통영 대교와 강구항 야경을 바라보고 있노라면 이곳이 왜 동양의 나폴리로 불렸는지를 실감하게 됩니다.

남망산 공원의 낙락장송 사이로 바라다 보이는, 햇빛 부서지는 한산섬 앞바다와 산양관광도로를 달리다가, 달아공원에서 바라보는 그 바다의 황홀한 석양도 석양이지만, 통영의 아름다움은 역시 밤에 더 빛을 발합니다. 호수처럼 정겹게 내륙으로 들어와있는 강구항에 점점이 떠오르는 불빛들과 통영대교의 푸르고 붉은 난색 조명에 반사된 물결, 그리고 그 물결을 스쳐 어둠 속에 묻어오는 해조음海潮音은 어느 머나먼 이국異國의 포구에라도 온 듯한 느낌을 갖게 합니다.

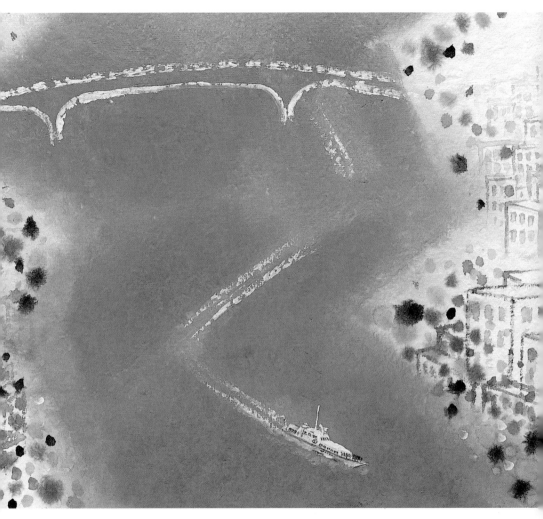

운하의 푸른 물길 시내를 통과하는 운하의 물길 덕분에 '동양의 나폴리' 통영의 아름다움이
한층 깊어진다.

통영의 빛과 색은 '팔 할이 예술'입니다. 예술적 분위기는 비단 자연 공간 속에만 흐르지 않습니다. '은하수를 끌어와 병기를 씻는 다'는 뜻에서 그 이름을 따온 객사인 '세병관洗兵館'의 드넓은 마루 에 앉아서 시내를 내려다볼 때나, 석양에 '열무정'에서 바다 너머로 지는 해를 보노라면, 이곳에서 왜 그토록 많은 예술가들이 태어났는 지 알게 됩니다. 청마와 윤이상이 함께 지은 교가를 부르며 물새 떼 속에서 자라나는 아이들은 다른 무엇보다도 예술의 아름다움에 더 일찍 눈 뜰 겝니다.

내가 좋아하는 혼다 하사시本田春라는 시인의 말이 생각납니다. 한 시인의 시는 그를 키운 땅과 하늘, 나무 한 그루, 새 한 마리와 절 대로 무관하지 않다던. '시인'을 '음악가', '화가'로 바꾼다 해도 마 찬가지겠지요. 윤이상의 저 추상적 음악 세계에서도 이 통영의 밤하 늘 별들과 물결을 스치는 바람과 목선木船 소리 같은 것들이 항구의 불빛처럼 점점이 살아있습니다. "맑은 밤하늘 아래 흐르던 어부들의 노랫소리", "멸치잡이 배의 어요漁謠", "이따금 지나가던 유랑 극단 의 소리", "통영의 오광대 음악들", "먼 절에서 들려오던 풍경 소 리", "제삿날 청동 제기祭器들이 부딪치는 소리".

그렇습니다. 통영에서 얻은 원초적인 음향들은 한 작곡가에게 영 원한 예술적 울림을 주었습니다. 그러기에 그는 이역을 떠돌면서 평 생 음악적 원체험을 제공한 이 통영의 시·공간 결여에 괴로워하였

통영국제음악제 윤이상을 기념해 열리는 이 음악제는 통영을 세계의 음악을 품는 예술 도시로 성장시키고 있다.

고, 이곳의 자연과 우주로 돌아오려는 날갯짓을 끊임없이 계속하였던 것입니다. 마치 초현실 속을 떠도는 '꿈속의 나비' 처럼.

J, 나는 애당초 음악을 잘 모르고 윤이상의 음악은 더더욱 그렇습니다. 단지 그이의 음악이 듣기에 여간 괴롭지 않다는 것만은 알고 있습니다. 특별히 서양 음악 쪽에서 보았을 때 그 괴로움은 더했을 터입니다.

한 음악 평론가의 말을 빌릴 것도 없이, 그의 곡들 속에는 출처를 알 수 없는 음악적 테크닉과 거의 연주가 불가능할 정도의 난해하고 까다로운 요소가 가득합니다. 그러나 상당 부분 그의 고향 통영에서 유년에 겪은 소리 체험들이 무의식 속에 녹아있다가 음악적 색채들로 나타난다는 점을 이해하고 나면, 그 괴로운 음악도 훨씬 가깝게 느껴질 터입니다.

그이의 음악은 그 점에서 추상화와 구상화가 뒤섞인 화면과도 같

망향의 작곡가 평생 고향으로 돌아오기를 바랐지만 육신으로 돌아오지 못했던 윤이상은 음악
제를 통해 음악적 귀향을 이루었다.

습니다. 그래서 아무래도 통영을 모르고 윤이상을 이해하기란 쉽지 않습니다.

J, 그렇습니다. 아무리 우리가 예술에 있어 지역적 경계가 무너진 시대를 살아가고 있다 하더라도, 예술가와 그를 키워낸 땅의 관계를 부인하지는 못한다는 점을, 나는 이 통영 땅에 와서 새삼 느끼고 있습니다.

그리고 아름다운 땅과 물과 산은 반드시 그 땅의 예술가로 하여금 그 아름다움을 옮겨내도록 강요한다는 것 또한 알게 됩니다. 유치환, 김춘수, 박경리, 김상옥, 이한우, 전혁림, 김형근, 심문섭… 등 헤아리기 어려운 우리 예술계의 거목들이 이 통영의 물빛과 바람 속에서 자신의 예술혼을 건져올렸음을 부인할 수 없기 때문입니다.

그러나 우리가 한 가지 꼭 알아야 할 것이 있습니다. 이 예술의 도시 통영에는 감미로운 오월의 바람과 햇빛 같은 낭만과 풍류만이 있지 않다는 것을. 사실 이 아름다운 항구와 바다 도처에 민족을 지키기 위한 피뿌림의 역사가 배어있다는 것을. 그러기에 오늘도 면면히 흘러온 저항 정신이 맥박처럼 뛰고 있다는 것을. 그리고 이러한 통영 땅의 내력을 알지 못한 채 '민족주의 음악가', '분단국가의 음악가' 윤이상의 참된 고뇌를 또한 제대로 알 수 없으리라는 것을.

J, 통영이 아름다운 풍광의 땅일 뿐 아니라 아픔과 시련의 땅이라는 것이야말로, 어쩌면 윤이상이 그토록 고향을 못 잊어한 원인이

되었을 것입니다.

그렇습니다. 예술가가 고향을 그리는 것은 그 고향의 수려한 풍광 때문만은 아닐 터입니다. 오히려 고향의 아픈 추억과 상처 때문에 더욱 그 고향을 사랑하고 끌어안을 수밖에 없을 것입니다.

그러나 그토록 그리던 고향땅을 그이는 결국 살아서 돌아오지 못했습니다. 살아서 오지 못했을 뿐 아니라, 시신마저도 춥고 을씨년스러운 이국의 벌판에 묻혀야 했습니다.

J, 그러나 그이의 음악적 성패는 육신으로 고향에 돌아왔느냐에 구애받지 않습니다. 오히려 오늘날 윤이상의 혼은 통영국제음악제를 통해서 이 바닷가 도시에서 힘차게 타오르고 있습니다. 어쩌면 우리는 그리 오랜 세월이 지나지도 않아서, 이 한반도의 남쪽 끝에 잘츠부르크나 빈이 부럽지 않은 세계적 음악 도시를 하나 가질지도 모릅니다. 그리하여 독일의 바이로이트Bayreuth나 아스펜Aspen처럼, 작지만 결코 작지 않게, 음악으로서 세계에 통영의 이름을 드날리게 될지도 모릅니다. 그리고 오늘도 그이가 지은 교가를 부르며 학교를 다니는 그이의 후배들 중에 제2, 제3의 윤이상이 나올지도 모릅니다.

그때에 비로소 몽매에도 꿈꾸던 그의 귀향은 꿈이 아닌 음악적 현실이 될 것입니다.

윤이상

尹伊桑, 1917~1995

경남 통영에서 태어나, 통영에서 서당과 보통 학교 과정을 수료하고 1935년 오사카 음악 학교에 입학해 1937년 귀국하였다. 통영여 고, 부산사범학교 교사를 역임하고 1956년 프랑스로 건너가 파리국립음악원에서 수학하

였다. 1959년 독일에서 열린 다름슈타트음악제 때 쇤베르크의 12음계 기법에 한국의 정 악正樂 색채를 담은 〈일곱 개의 악기를 위한 음악〉을 발표해, 유럽 음악계의 주목을 받았 다. 1967년 동베를린 공작단 사건에 연루되어 서울로 강제 소환된 뒤, 2년간 옥고를 치 렀으나, 세계 음악계의 구명 운동에 힘입어 풀려났다.

1971년 독일에 귀화해 1972년 뮌헨 올림픽 개막 축하 오페라에서 〈심청〉을 비롯해 옥중에서 작곡한 〈나비의 꿈〉, 광주민주화운동을 소재로 한 〈광주여, 영원하라〉, 북한국 립교향악단이 초연한 칸타타 〈나의 땅 나의 민족이여〉, 광주민주화운동 과정에서 분신 한 사람들의 넋을 추모한 〈화염에 휩싸인 천사와 에필로그〉 등 150여 편을 남겼다.

'서양 현대 음악 기법을 통한 동아시아적 이미지의 표현' 또는 '한국 음악의 연주 기법과 서양 악기의 결합'이라는 평을 받았으며, '범민족 통일 음악회'의 산파産婆 역할 도 하였다. 매년 통영에서는 봄과 가을에 통영국제음악제가 열려, 그의 음악 세계를 기 리고 있다.

바람 白 백

일상에 젖은 발을 벗어 저 먼 곳으로,
뒤도 돌아보지 말고 바람이 닿는 곳까지 멀리, 멀리로
꿈을 좇아 훨훨 떠난 이들이 남겨놓은
희고 가벼운 한 무더기의 웃음.

열도에 흘러든 조선의 미美
정조문

벗이여,

마지막 가는 황화지절黃華之節입니다. 천지에 누런색 꽃비가 내리고 있습니다. 오늘은 천년 고도古都 교토에서 이 글을 씁니다. 헤이안平安부터 메이지明治에 이르기까지 왕성王城이었던 이곳은 발길 닿는 곳마다 사적들입니다.

가을 잎이 흩날리는 가모카와鴨川 물줄기를 따라 길게 걷다 보면, 어디선가 격자 문틈으로 샤미센三味線의 섬세하고 맑은 소리라도 들려오는 듯합니다. 일왕日王이 살았다는 교토고쇼京都御所의 담 안에서는 예자藝子들의 것일까요, 악기 연주음과 함께한 무더기 웃음이 희고 가벼운 와지和紙 뭉치처럼 날아옵니다. 아아, 일본에 왔구나 하고 느끼게 됩니다.

수많은 사찰과 유적들 속의 이 도시는 일본 문화의 학습장입니다. 교쿄치鏡湖池 연못에 한 점 흔들림도 없이 비추는 저 미시마 유키오(平岡公威, 1925~1970)의 소설에 나오는 긴카쿠지金閣寺로 상징되는 교토의 문화는 일본 미의 극치를 이루고 있습니다. 그래서 일본 음식을 먹어가며 보름쯤만 교토에 머무르다 보면 너무도 일본적인 분위기에 느끼해질 정도입니다.

그런데 이 화려함과 기교와 의장儀狀의 문화 속에 외로이 숨 쉬고 있는 또 다른 미美가 있습니다. 조용한 주택가에 있는 한 소박하고 작은 미술관에서 이 색다른 미는 마치 솔바람같이 담박하게 숨 쉬고 있습니다.

슈가쿠인修學院 가는 길에서 다시 한적한 시바다케紫竹 거리로 나서면, 입간판 위로 붉은 대나무 아닌 푸른 대숲이 있는 미술관이 나옵니다. 그 미술관에 들어서자 정겨운 석인상石人像과 석탑 사이로 반갑게 맞아주는 사람들이 있습니다. 칠십이 넘었지만 단아한 모습의 이일혜李日惠 여사와 학예사인 가타야 마리코片山眞理子 양입니다. 고향의 교장 선생님댁에라도 들어서는 느낌입니다.

미술관장이자 유명한 미술사학자 우에다 마사키上田正昭 교수는 마침 부재 중이었습니다. 이 미술관의 연구소장은 바로 우리 미술 유적에 대해 방대한 저술을 남긴 교토대학 명예교수 아리미쓰 교이치有光敎一 선생입니다. 고려미술관이 '보여주는 미술관'이면서 동시에 '연구하는 미술관'임을 알려주는 대목입니다.

얼핏 보면 잘 꾸며진 주택 같기도 한 이 지하 1층, 지상 3층의 미술관에는 조선의 자기와 목공예품과 석탑, 석인상들이 규모는 작지만 조용히 제 빛을 발하며 놓여있습니다. 특히 조선 백자를 비롯한 자기와 항아리며 회화류들은 그 담박함과 은은함 그리고 진솔함과 투박함이, 교토의 다른 어떤 현란한 아름다움도 이기고 있음을 알 수 있습니다.

미술관을 관람하던 나를 감동시킨 것은 숨소리 하나 들리지 않게 들어오고 나가는 관람객들이었습니다. 노트 따위를 들고 와 열심히 적으며 관람하는 일본 여인들이 적지 않았습니다. 일본 문화의 자존과 긍지가 한껏 드높은 교토에 이 미술관을 꾸민 사람은, 한 이름 없는 재일 교포였습니다. 3·1운동이 일어나기 몇 달 전 경상북도의 낙동강 유역 한 촌락에서 태어난 정조문이라는 사람이었습니다.

그는 일제의 토지 국유화 정책에 의해 땅을 빼앗기고 유랑민 신세가 된 집안의 아이였습니다. 일본에 와서 조선인 노동자의 아들로 살아가면서 모진 학대와 설움을 받다가, 어느 날 운명처럼 조선 백자 하나를 만났다고 전해집니다. 그는 그 속에서 높고 그윽하고 따뜻한, 그러면서도 아련히 슬퍼지는 그 어떤 정서의 교감을 맛보았습니다. 일본에 강제로 끌려온 조선 도공들이 고향을 그리며 만든 그

우일의 교토 풍경 사람을 봐도 풍경을 봐도 아직도 교토에는 일본의 전통과 미의식이 고스란히 남아있다.

고려미술관 조간초上岬町의 주택가
에 있는 이 미술관은 일본 속에 살
아 숨 쉬는 조선미의 요람이다.

조선 백자 속에서 그는 자신의 모습을
보았습니다. 그 텅 빈 조선 그릇 속에
서 그는 아름다움뿐 아니라 수많은 눈
물의 사연과 이야기들을 보고 들었던
것입니다.

　조선 청년 정조문은 천신만고 끝에
사업이 궤도에 오르자 작심하고 우리
미술품들을 사 모으기 시작합니다. 외
롭고 고독하던 일본 생활에서 그가 만
난 조선의 미술품들이야말로 말없는
스승이었으며 친구였습니다.

　청자상감운학문완靑磁象嵌雲鶴文碗이
나 철사용문호鐵砂龍文壺 같은 명품들을
만날 때마다 가슴이 뛰었습니다. 회화
나 조각 같은 정통 고급 미술품들뿐 아
니라 생활의 때가 묻어있는 목물木物,
석물石物들을 함께 모으기 시작하여,
어느덧 그의 한국 미술품 컬렉션은
2000여 점에 이르게 되었습니다. 그는
이 미술품들이 들어갈 집을 짓고, 그 이름을 '고려미술관'이라고 붙였습니다.

조선미술관이나 이조미술관이라고 하지 않은 이유는 통일왕조 고려에 대한 아슴한 그리움 때문이라고 들립니다. 이 미술관을 세우고 그는 1989년, 그 멀고 푸른 고려의 옛 하늘 아래로 돌아갔습니다. 가끔 가난을 이기고 일본에서 큰 부富를 이룬 동포들의 이야기를 듣게 됩니다. 그것만도 자랑스러운 일이지만 내가 놀라게 되는 것은, 정조문이 그 부를 온전히 자기 조국의 아름다움을 드러내는 데 쓰고 갔다는 점입니다.

교토에서 자라나는 우리 후예들은 어느 날 우연히 이 고려미술관에 들르게 될지도 모릅니다. 그리고 이곳에 들르는 날, 그는 숨기고 싶었을지도 모를 선조의 조국에 대해, 비로소 놀라운 감격을 맛보게 될 터입니다. 저 위대한 단순함과 담박함으로 이루어진 석탑과 백자와 막사발들을 바라보면서 형언할 수 없는 감정의 오고 감을 느낄 것입니다. 그리고 비로소 결코 멀지 않은, 그러나 너무나 먼 그들의 조국이 아주 가까이에서 숨 쉬고 있음을 알게 될 것입니다.

정조문

鄭詔文, 1919~1989

경상북도에서 태어나, 1925년 양친을 따라 일본에 건너가 교토에 정착했다. 그곳 소학교 4학년에 편입하여 졸업한 것이 정규 학력의 전부다. 1949년 교토에서 사업을 하던 중 우연히 한  고미술상 앞에서 30센티미터 정도 크기의 백자 항아리를 발견했다. 한눈에 이 항아리가 조선 백자임을 알아보고는 가진 돈을 털어 백자를 구입했다고한다.

이 일을 계기로 그는 돈이 생길 때마다 일본으로 반출된 한국의 미술품을 수집한 끝에, 1987년 고려미술관을 설립했다. 또 독학으로 한국 미술을 공부하고 1965년 계간지 〈일본 속의 조선 문화〉를 창간한 후 50호까지 냈다. 시바 료타로司馬遼太郎, 김달수 등 저명한 문화 예술인, 역사가, 학자 등과 두루 친교를 맺었으며, 직접 한국 미술에 대한 논문을 발표하기도 했다.

낡고 소멸하는 것들의 아름다움
정영희

그리운 이여, 나는 아직 물과 고요의 도시 교토에 있습니다. 시간과 세월이 앙금 되어 남아있는 이 고도古都는 한 길가를 제외하고 나면 거의 인사동 같은 분위기입니다. 오래된 일본식 목조 가옥의 뒷길을 걷다 보면, 낡은 것이야말로 정겹고, 오래된 것이야말로 아름다움임을 새삼 느끼게 됩니다. 그 위에 푸짐한 가을햇살 같은 안온함이 있습니다. 한지에 스미는 불빛 같은 그런 안온함과 아늑함입니다.

근대 작가 다니자키 준이치로(谷崎潤一郎, 1886~1965)는 그의 《음예공간예찬》에서 '너무 밝다', '너무 차다'라는 말로 현대 문명의 두 가지 특징을 함축한 바 있습니다. 어스름 달빛 같은 것을 용납하지 않는 차갑고 눈부신 인공조명, 땅과 물과 햇빛이 조리하는 고유한 맛을 앗아가는 냉장고에서 꺼낸 차디찬 음식들로 인해, 결국 정신과 영혼도 온기를 잃고 차갑고 싸늘하게 되고 있다는 말입니다.

교토. 秋日서정 크로키

추색秋色에 물든 교토 시간과 세월이 쌓여있는 물과 고요의 도시. 유서 깊은 목조 가옥과 전통 정원 사이를 아늑한 가을 햇살을 받으며 걸었다.

교토의 기와돌담 아래를 거닐며 나는 다시 그 말을 음미하고 있었습니다. 교토의 뒷길 중에 특히 아름다운 곳이 기타무라北村 미술관이 있는 길입니다. 이 미술관 북원北苑은 푸르스름한 이끼 덮인 태정苔庭입니다. 이끼의 정원. 고요함 속에서 똑똑 떨어지는 물방울 소리뿐인 이러한 정원을 일본인들은 '선정禪庭'이라고 부르기도 합니다.

일본인들은 좁은 집에 사는 대신 사찰이나 문예 공간 같은 곳에 함께 즐길 만한 정원들을 잘 가꾸어놓고 있습니다. 서구식 광장과 같은 개념인 셈입니다. 그래서 수많은 명찰들도 본존 불상으로 집중하기보다는 그곳에 이르는 정원에 많은 정성을 기울이고 수목을 가꾸기 즐겨합니다. 오죽하면 사찰로도 모자라 정원 미술관, 정원 박물관을 만들 정도일까요.

이 뒷길은 양재 교실이나 도시샤同志社 대학 여자 기숙사 같은 간판이 간혹 보이지만, 한적한 일본식 가옥들로 이어집니다. 그래서 적어도 60~70년 전의 옛 거리를 걷는 기분이 됩니다. 그 조용한 주택가에 역시 일반 주택과 잘 구분이 되지 않은 여사旅舍인 미구루마御車 회관의 맞은편에 '이청李靑'이 있습니다. 이조 백자와 고려청자에서 한 자씩 따서 지었다고 합니다.

황병기류의 국악곡이 흘러나오는 이 조선식 경식輕食집 겸 찻집의 문을 열면, 당신은 은은한 미소 속에 학처럼 서있는 아름다운 여인을 보게 될 것입니다. 훌쩍 큰 키에 기품이 있는 자태가 소나무 아래의 학鶴을 연상시키는 모습입니다. 일찍이 교토에 고려미술관을 세운 고故 정조문 선생의 큰따님인 정영희 여사입니다.

"어서 오세요. 먼 길에 피곤하셨을 터인데…. 더운 모과차를 드릴까요?"

그녀의 따뜻한 인사에 오랜 지인知人의 집에 온 듯 금방 편안해집니다. 인사동 '귀천'에서나 마시던 모과차를 교토에서 마시게 된 것도 즐겁습니다. 이청은 일본의 청년 문학가와 화가와 음악가들이 즐겨 모이는 명소입니다. 어쩌면 그들은 음식보다도 주인의 따뜻한 미소와 마음 때문에 이곳을 더 찾게 되는지도 모르겠습니다.

그녀는 자신의 부친이 생애를 바쳐 한국 미술품을 모아 미술관을 세웠듯이, 미美 아닌 미味로써 일본 속에 조용히 조선 식문화食文化를 심고 가꾸어온 사람입니다. 지나치게 달짝지근하거나 느끼한 다이조림이나 스노모노酢物의 새콤한 일식日食 맛에 물린 사람이라면, 이청에서 나오는 담박한 오이 냉채와 쓰거운 산채로 한결 입맛을 돋울 수 있을 터입니다.

역시 조선의 맛[味]은 조선의 미美와 하나입니다. 고려미술관의 미술품에 눈길을 던졌을 때 얻는 그 삽상하면서도 맑은 솔바람 같은 느낌이 이청의 미각에서도 그대로 느껴집니다. 차를 기다리는 동안은 누구라도 그녀의 부친이 저술한 《일본 속의 조선 문화》며 야나기 무네요시(柳宗悅, 1889~1961)의 저 유명한 《조선과 그 예술》 같은 저서들이 꽂힌 서가로 눈길을 주게 됩니다. 그리고 그 눈길을 조선 고가구와 백자 달항아리로 천천히 옮길 때쯤이면, 벌써 알 수 없는 조선 예술의 매력에 이끌릴 겁니다.

정 여사는 한눈에 옛날 문정숙이 나오는 〈만추〉(1966) 같은 영화 속 여주인공 같은 분위기입니다. 그녀와 자리를 함께한다면 누구라도 그 맑고 기품 있는 자태가 하루 이틀에 얻어진 것이 아니라는 사실을 알게 됩니다.

그녀는 초등학교에 가기도 전부터 부친의 서재에 들어가서 무릎을 꿇고 조선의 문화와 미술에 대해 훈도를 받았다고 합니다. 물론 조선의 예법도. 비록 일본에 살지만 조선이 그 문화와 예술면에서 일본의 맏형이나 스승 격이었다는 사실을, 문헌과 사료를 통해 공부한 그녀는, 일본적 전통에 대한 자긍심이 유난히 강한 도시 교토에 살면서도, 조선 문화의 우월성과 긍지를 잃지 않았습니다.

정영희의 서늘하면서도 기품 있는 아름다움 속에는 확실히 부친 정조문의 수려함이 음영처럼 배어있습니다. 그녀가 한국의 음식 문화에 깊은 관심을 지니기 시작한 것도 이런 집안 내력 덕분이었을 터입니다. 그녀는 음식이야말로 모든 문화, 모든 예술의 총체라고 생각했고, 부친이 미술로 그러했듯이 자신은 담박하면서도 격조 있는 조선의 맛으로 동포들의 목마름을 해갈해주리라고 생각하였다는 것입니다.

이청의 난蘭 젊은 일본 예술가들에게 조선 문화의 따뜻함을 느끼게 하는 곳 '이청'. 장소뿐
아니라 안주인에게서도 맑고 그윽한 난향이 풍겨나온다.

이청의 내부 백자 달항아리와 조선에 관한 서적이 놓인 이청에 들어서면 마치 조선 선비의 공부방에 초대받은 듯한 기분이 든다.

그녀의 '이청'은 조선 선비의 서재와도 같은 분위기로 꾸며져있습니다. 은은하게 불빛이 새어나오는 이곳의 지붕 아래에서 한 잔의 차를 마시다 보면, 이 가을의 쓸쓸한 시간마저도 한층 따스하게 지날 것만 같습니다. 그녀는 교토 근교 자신의 밭에서 직접 따온 야채로 만든 한국식 비빔밥을 대접하면서, 한사코 호텔보다는 집에 와서 묵으라고 권유합니다. 나그네에게 누추하지만 집에 와서 묵으시라는 말은 이미 한국에서도 사라진 지 오래여서, 어쩌면 그녀는 그녀의 애완물들처럼 시대를 훌쩍 넘어 그 정서가 조선조에 닿아있는 것만 같았습니다.

그녀의 이런 따뜻한 배려로, 나는 먼 곳에 사는 누이를 찾아온 것처럼 푸근한 마음이 되었습니다. 동포란, 핏줄이란 이래서 좋은 것일 터입니다. 일본인이라면 초면의 나그네에게 의례적인 인사 이상의 이러한 친절을 베풀지는 않을 것입니다. 옷소매를 잡아끄는 정겨운 환대야말로 그녀가 아무리 일본에서 나고 자랐다 해도 갈 데 없는 한국인임을 나타내주는 대목입니다.

창밖으로 마지막 가을의 잔광殘光이 부서지고 있었습니다.

"교토가 벚꽃에 뒤덮이는 날을 골라 다시 올 것을 기약할까요?"

웃으며 일어서는 내게 그녀는 고개를 끄덕였습니다. 사람들은 흔히 눈처럼 벚꽃이 날리는 교토의 봄을 말합니다. 그 벚나무 아래서의 만남을 기약합니다. 그러나 이 가을의 교토는 낡은 것, 소멸해가는 것 또한 아름다움임을 일깨웁니다.

"들어가십시오."

돌아서서 손짓으로 말했지만 그녀는 멀어지는 나를 바라보며 언제까지나 '이청'의 문 밖에 서있었습니다. 오랜만에 해후했던 누이처럼.

그렇습니다. 나는 지금 이역의 도시에서 모처럼 만난 누이를 혼자 두고 나의 땅으로 돌아가는 것입니다. 이 가을의 석양이 아니라 인생의 석양을 건너는 나이 때쯤, 문득 저 집을 다시 찾게 된다면, 누가 또 저렇게 손을 들어 줄런지요.

정영희

鄭玲姬, 1949~

교토에서 출생한 재일 한국인 2세로, 고려미술관을 세운 정조문 씨의 장녀다. 우리 문화유산을 자연스럽게 익히고 말할 만한 장소를  꿈꾸다가 이청을 열게 되었다고 한다. 아버지의 저서들과 《야나기 무네요시》 전집 그리고 고려와 조선의 도자에 관한 저서들로 서재처럼 꾸며진 이 집에는 한국 예술에 관심이 많은 일본의 예술가들이 드나든다.

그는 따로 일본 이름을 지니고 있지 않고, 그 딸을 한국에 유학 보내 한국 미술사를 공부하게 할 만큼 철저한 민족주의자다. 지리산 화개차와 수정과를 비롯해 우리 차와 가벼운 전통 음식을 손수 만들어 대접하고 있다.

한국혼을 노래하는 밤의 여왕
헬렌 권

비오는 날의 함부르크입니다. 가을을 재촉하는 비로, 시내는 촉촉이 물에 잠긴 형국입니다. 뿌연 물안개 속에서 성악가 헬렌 권의 집을 찾아가면서, 화가 노은님은 그녀의 드라마틱한 창법에 대해 설명했지만 빗소리 때문에 목소리는 토막토막 끊어져 들렸습니다. 그러다 힘주어 '아버지'라는 말을 했습니다. 오늘의 헬렌을 만든 것은 절반이 그녀의 아버지였다며, 부녀 간의 편지글 모음 책을 한번 읽어보라고 권했습니다.

문득 중국의 유명한 피아니스트 푸총傅聰을 키운 그의 아버지 푸레이傅雷가 떠올랐습니다. 헬렌의 아버지가 한국의 음대 입시에 연이어 낙방한 어린 딸을 독일에 보내, 끝내 성악가로 성공시켰듯 푸레이도 아들의 음악 재능을 발견한 후 학교를 중퇴시키고 음악 선생을 초빙하여 가르치는 한편, 《좌씨전左氏傳》이나 《사기史記》 같은 중국의 고전을 직접 가르쳐서 서양에 유학 보냈습니다.

일찍이 프랑스 유학을 한 지식인이었던 푸레이는 어느 날 살기 등등 몰려든 홍위병들 앞에서 스스로 죽음의 길을 걷기까지, 배움의 길을 떠난 어린 자식을 향해 쉼 없이 편지를 띄웠는데, 그 편지글 모음집은 서구 사회에서 어떻게 흐트러짐 없이 동양의 선비 정신을 견지하며 살아야 할 것인지를 가르친 한 권의 지혜서였습니다.

"힘을 다해 경험과 냉철한 이성을 너희들에게 바쳐 지팡이가 되려 한다. 너희들이 이 지팡이가 귀찮다 생각할 때 나는 소리 없이 종적을 감추어 너희들의 걸림돌이 되지 않을 것"이라는, 내가 좋아하는 푸레이의 글을 떠올리는 동안 우리는 헬렌의 집 문 앞에 이르렀습니다.

헬렌은 5년간이나 공연 스케줄이 빼곡히 잡혀있을 정도로 유럽에서 성공한 성악가였음에도 불구하고, 뭐랄까 한국적 분위기로 똘똘 뭉쳐진 듯한 인상이었습니다. 그런 인상을 말하자 그녀는 자신이 안동 권씨의 후예이며 국가 유공자인 아버지에게서 받은 유교식 교육이 독일에 와서도 그대로 삶의 틀을 이루고 있기 때문일 것이라고 설명했습니다.

재수생 신분으로 천신만고 끝에 떠나온 독일 유학길에서 성악가의 길을 포기하겠다고 돌아와버린 딸을 꾸짖지 않고, 오히려 등 두드려 돌려보낸 아버지의 '오래 참음'이 없었다면 오늘의 자신은 없

한국의 소리 초절정 기교의 고음부터 아름다운 미성의 리릭, 드라마틱한 목소리까지 자유자재로 표현하는 동양의 가수. 헬렌 권이 노래하는 것은 한국의 혼이다.

었을 것이라 했습니다. 나는 이야기를 들으며 '자식을 기다려주는 것, 한없이 기다려주는 것' 이야말로 모든 부모들의 가장 큰 미덕임을 깨달았습니다.

나는 사실 헬렌 권이라는 성악가에 대해 전혀 아는 바가 없었지만, 다가가보니 독일을 중심으로 한 유럽에서 그 명성은 우레와 같은 것이었습니다. 1989년에는 함부르크 애호가들이 뽑은 최고 성악가로 선정되었는가 하면, 잘츠부르크음악제에서는 세계의 유명 오페라 단장들이 뽑은 세계 정상의 성악가 그룹에 선정될 정도였습니다.

뮌헨, 베를린, 빈 등의 오페라 극장과 5년간의 출연 계약을 체결하고, 지금까지 1000회가 넘는 세계 각지의 오페라 극장과 음악홀 무대에 출연했을 만큼 탄탄한 역량을 갖춘 음악가였던 것입니다.

그럼에도 불구하고 무슨 이유 때문인지 그녀는 국내 무대와는 소원하게 지냈습니다. 이유를 물었지만 쓸쓸히 미소 지으며 침묵할 뿐이었습니다. 어떤 신문의 기사가 그의 공연을 평가절하한 데 마음의 상처를 입은 탓이라는 소리도 있었습니다. 유리창을 때리는 세찬 빗줄기를 바라보는 그녀의 눈매에 얼핏 섭섭함 같은 것이 스치고 지나갔지만 더는 묻지 않았습니다.

그 대신 그녀의 꿈에 대해 물어보았습니다. 벨칸토 창법(Belcanto, 전통적인 이태리 성악 발성으로, 육성을 순수하게 다듬어 공명 소리를 내는 발성법)의 프리다 헴펠(Frieda Hempel, 1885~1955) 같은 성악가가 되는 것 그리고 딱 한 번만이라도 자신이 만족할 수 있는 무대를 가져 보고 죽는 것이라고 말했습니다. 아무리 관객이 환호해도 자신이 만 족할 수 없다면 그것은 실패한 공연일 뿐이라는 이야기였습니다. 그 단호한 언변에 나는 고개를 끄덕였습니다.

삶의 가장 큰 기쁨과 보람이 무엇이냐고 다시 물어보았습니다. 뜻밖에 여자로서 사랑하는 사람의 아이를 낳은 것이라는 대답이었 습니다. 화려한 무대와 박수갈채보다도 삶 속의 소박한 행복이 더 소중하다는 고백이었습니다. 그리고 하나님께서 자신에게 좋은 목 소리를 주신 것에 대한 감사는 어느 한 순간도 잊어본 적이 없다고 했습니다.

부모가 외국인이라고 반대하던 독일인 첼리스트 남편과 결혼한 것만을 빼고서는, 아버지의 가르침에서 어긋나보지 못했다는 그녀 는 아버지야말로 그 어떤 유명한 음악 스승보다도 위대한 음악 스승 이었다는 말을 빼놓지 않았습니다. 이렇듯 먼저 사람이 되고 그 다 음에 예술가가 되라고 했던 점에서 그의 부친을 가장 뛰어난 음악적 스승이었다고 한 피아니스트 푸총의 고백과 같은 내용이었습니다.

창밖에 어둠이 내릴 무렵 그녀의 집을 나섰습니다. 거센 빗줄기 는 사뭇 부드럽게 바뀌었습니다. 저명한 성악가를 만나, 나는 뜻밖 에 노래나 예술보다는 신神과 삶 그리고 '한국'과 '아버지'에 대해 실컷 대화를 하고 돌아가는 느낌이었습니다. 하지만 나로서는 소중한 경험이었습니다.

오늘도 우리의 어린 것들이 음악가의, 혹은 미술가의 꿈을 안고 비행기에 오릅니다. 나는 한 음악인의 집을 떠나오면서 비로소 그들에게 챙겨주어야 할 것이 한국혼이고 동양 정신임을 깨닫게 됩니다. 한국적 혹은 동양적 정신의 에너지를 뿌리 내리지 않고서는 진실로 세계적인 예술의 꽃을 피우기 어렵다는 평범한 사실을 말입니다. 부모 된 우리 모두가 헬렌이나 푸총의 아버지처럼 장구한 세월 끊임없이 편지를 쓸 수는 없을지 몰라도, 그 예술혼을 늘 모국 쪽으로 향해야 한다는 당부만은 잊지 말아야 할 것입니다.

J선생.

그러고 보니 우리 역시 어느덧 장년의 고개를 넘어가는 처지가 되어있군요. 하지만 이 나이 되도록 예술 행로에서 방향을 잡지 못한 채 안개 속에 헤매던 순간이 얼마나 많았던가요.

울컥 나도 모르게, 아버지 혹은 아버지 같은 그 어떤 존재로부터 사랑이 가득 담긴 편지 한 통을 받고 싶다는 생각이 드는 것은, 어느새 다가온 가을 탓일까요.

헬렌 권

Hellen Kwon, 1961~

 본명 권해선權海善. 모차르트의 오페라 〈마적〉의 '밤의 여왕'으로 세계무대에서 호평받고 있다. 또 넓은 음역을 넘나드는 소프라노로 정평이 나있다. 그동안 400회 가깝게 공연한 이 역할을 통해 그녀는 유럽 무대에서 '밤의 여왕 헬렌 권'으로 통했다. 자칫하면 목을 상하기 쉬운 '밤의 여왕'을 400회 가까이 공연했다는 사실은 경이로운 기록이다.

그 밖에 〈나비부인〉의 초초상, 〈라 트라비아타〉의 비올레타, 〈투란도트〉의 류 등으로 유명하다. 전 세계를 돌며 매년 60여 회의 연주를 소화해내고, 1987년 이후 함부르크 시립 오페라단에 전속되어, 베를린 심포니 오케스트라 등과의 녹음으로 20여 개의 음반을 냈다. 잘츠부르크음악제에서 세계의 유명 오페라 단장들이 뽑은 '세계 정상의 성악가 15'에 선정되기도 하였다.

백색에 빠진 도공의 혼
권대섭

바야흐로 색채의 시대입니다. 문을 나서는 순간 온갖 자극적인 색채들이 눈을 찌르며 달려듭니다. 이 색채의 강렬함과 자극 속에서 바라보는 침묵의 조선 백자는 새삼 완상玩賞의 의미를 넘어 삶의 지혜마저 일깨워줍니다.

"저 신비한 백白의 세계를 보십시오. 이것이 유백乳白이고 저것이 설백雪白입니다. 그리고 저것은… 청백靑白입니다."

사옹원(司饔院, 왕실용 식기를 만든 곳) 분원이 있던 경기도 광주 일대, '도마리'와 '금사리'의 청화백자 항아리와 백자 접시 몇 개를 앞에 두고 분원 지킴이인 도예가 권대섭이 백색의 여러 경계에 대해 설명해줍니다.

그가 사는 강가의 토담집 창으로 저녁 어스름이 스며드는 시간이었습니다.

"여기 그려진 산수가 바로 저 담 밖으로 흘러가는 물이고, 우리 집 뒷산입니다. 바로 백자에 나오는 그 '분원 산수'이지요. 한결같이 무위이화無爲而化와 무심無心의 경지에서 이루어진 것들입니다. 색이 있으되 색이 없고, 경계가 있으되 또 경계가 없습니다. 그렇지 않습니까?"

내 눈에는 그저 창호에 번지는 저녁빛의 음영을 받아 텁텁한 흰색으로 보일 뿐인데도, 그는 마치 선정選定에 든 선사禪師처럼 눈을 가늘게 뜨고 조선 백자의 세계에 대해 설명합니다. 평소 청자나 백자에 대한 일본인식의 이런 호들갑을, 나는 별 마뜩치 않게 생각하는 사람이지만, 그의 백의 철학만은 경청할 만한 것이라는 생각이 들었습니다.

"흰색과 백색은 다릅니다. 그것은 마치 선생님이 쓰는 먹색이 검은색과 사뭇 다른 것과 같은 이치이지요. 저는 이 백색에 빠져 그 혼이 끄는 대로 분원에 왔고, 이곳에서 도공 생활 이십 년을 보냈습니다. 저 부드럽고 둥근 백색 형태 속에 들어가 조선의 선배 도공과 가없는 이야기를 나눈 세월이 행복했습니다."

그러나 그는 조선 도공의 중요한 도요지인 분원이 울긋불긋 매운탕 집이며 위락 시설 간판들로 어지러워진 것에 가슴 아파합니다. 일본인들이 무슨 성지 순례 오듯 분원을 찾아올 때마다 쥐구멍이라도 찾고 싶을 정도였습니다. 그가 남종면 사무소를 들락거리면서 분원 일대에 산재한 도요지들에서 도자기 파편들이나마 몇 가마니씩 끌어모아, 분원리에 조그마한 조선백자자료관(분원백자자료관)을 세우기까지, 그가 스승 삼았던 조선 도공들의 넋 깃들일 곳 하나 없다는 안타까움에 속을 태웠습니다.

그는 처음부터 도예과에 들어가 도자기를 공부할 생각이 없었다고 했습니다. 그곳에서는 단지 형태나 배우게 될 뿐이라고 생각했기 때문입니다. 백색의 경지만 터득된다면 형태는 아무래도 좋다고 생각했기 때문에, 조선 도공의 빛을 따라 분원으로 찾아왔다는 이야기입니다. 하얀 손의 예술가보다 투박한 손의 도공이 되고 싶었노라는 고백입니다. 애초부터 그는 도예가 배워서 되는 일은 아니라고 생각했다 합니다. 흙을 주무르면서 그것이 곧 제 마음의 모양대로 빚어져 나온다는 점을 알았기에, 먼저 마음자리부터 살피는 데 주력했다 합니다.

"내가 주무르는 흙은 거기 마음을 담아낸다는 점에서 선생님이 쓰는 화선지와 한가지입니다. 백자를 굽는 것은… 이렇듯 마음을 빚는 일입니다."

그 마음 빚는 일에 대한 나의 질문에 그는 이렇게 답합니다.

신비를 빚는 손 거칠고 투박한 도공의 흙 묻은 손에서 빚어나오는 조선 백자의 맑고 그윽한 색은 하나의 신비다.

"아궁이에 장작불을 피우는 일입니다. 군불을 지피며 타닥타닥 타 들어가는 불길을 보는 일입니다. 저 분원 호반 위로 떠오른 달빛을 방안까지 맞아들이는 일입니다. 아침저녁 물가에 나앉아 피어오르는 물안개를 보는 일입니다. 산책을 하는 일입니다. 나뭇잎에 떨어지는 빗소리를 듣는 일입니다. 그냥 이 텅 빈 것 같은 삶, 그러나 달빛에 더 보탤 것도 어스름 새벽빛에 더 뺄 것도 없는 꽉 찬 삶을 사는 일입니다. 그렇습니다. 사는 일이 먼저이고 만드는 일이 그 다음입니다…."

분원의 겨울은 길고 춥습니다. 한겨울 양평 쪽으로부터 수면을 핥아오는 냉기는 뼛속까지 파고듭니다. 물안개가 설화처럼 나무에 매달린 모습은 아름답기 그지없지만 겨울나기는 고통스럽기만 합니다.

이 겨울 동안 그는 동안거에 들어가는 스님처럼 일을 하지 않고 분원이 마주 바라보이는 이석리의 집에 머뭅니다. 이석리는 팔당에서 퇴촌으로 가는 길목에 슬몃 숨어있다시피 한 작은 마을입니다. 연출가 김정옥 선생의 집이 있고 소설가 정미경의 토담 집필실이 있는 곳입니다.

삼백 년 된 거대한 은행나무가 그 아리땁고 청정한 가지를 드리우고 있는 이 작은 마을은 예술 하기 좋은 곳입니다. 용케도 개발의 광풍이 빗겨간 마을이지만, 요새 이 복된 마을의 동반자인 커다란 전나무며 소나무 그리고 은행나무의 우람한 가지가 어찌된 일인지 마구

잘려 나가곤 하는 것이 심란한 걱정입니다.

마을 지킴이 권대섭은 커다란 나무들이 베이고 넘어질 때마다 잠을 뒤척이곤 합니다. 어쨌든 이 작은 마을에 살면서 옛날에는 찾아오는 이 없어 파고드는 고독에 가슴앓이까지 할 정도였지만, 제법 이름이 알려지고 찾는 발길들이 차츰 늘어나면서 예전과 달리 '고독이 잘 되어지지 않는' 점에 그는 불편해합니다. 이렇게 고독이 잘 안 되면 도자기의 빛이 탁해지거나 형태가 이지러진다는 것을 알기 때문입니다.

이처럼 삶 속에서 까다로운 마음 공부를 하는 그는 '현대'라는 이름과 함께 행해지는 오늘날 미술의 허다한 부분에 대해 마뜩지 않게 생각합니다. 어느 곳 하나 마음을 부드럽고 편안하게 해주는 구석, 화안하게 밝혀주는 데가 없다고 생각하는 까닭입니다.

뒤틀리고 이지러진 것 자체가 '현대'의 초상이라면 할 말이 없고, 그 뒤틀리고 이지러진 것끼리 모여 미술사를 이루어간다는 점에 대해서는 더더욱 할 말이 없지만, 그는 원래 조선의 마음과 조선의 미술은 분원 호반에 떠오르는 달빛만큼이나 사람의 마음을 환하게 해주는 것이라고 믿습니다. 그 혼백이 담긴 백白을 잃어버린 것에, 때로는 방향도 없는 분노를 느낀다고 했습니다. 우리 미술, 우리 자기에서 백白을 잃어버림은, 우리 마음에서 백白을 잃어버림이라고 생각하기 때문에 그는 더욱 안타까워합니다.

도공 권대섭의 말처럼 백자가 마음을 빚는 일이라면 우리 또한 너나없이 제 스스로 제 삶을 빚어내는 도공들은 아닐까 하는 생각을 해봅니다. 그러길래 우리에게도 때로 무채색 고요와 침묵이 필요한 것은 아닌가 하고 말입니다. 난무하는 색채와 소음 속에 있기 때문에 더더욱 백색의 공간과 백색의 시간이 필요하다고 말입니다.

요새 담 너머로 조용하게 풀리는 물길을 바라보며 그는 설레어합니다. 물가 버들가지가 연둣빛으로 움틀 무렵, 좋은 흙을 구하러 떠날 진주, 고령, 산청행의 봄 여행 때문입니다. 《장자》에 나오는 자경梓慶이라는 사람이, 좋은 악기를 만들기 위해 재계齋戒하고 산을 찾아 나무부터 골랐듯, 그는 봄이면 희고 신비한 백자를 빚기 위해 숨은 흙을 찾아 떠나는 것입니다. 이 근원을 찾듯 떠나는 흙의 여행에 동행할 생각으로 나 역시 설레는 나날입니다.

권대섭

權大燮, 1952~

도공의 얼굴 분원의 옛 도요지 근처에서 살고 있는 권대섭에게서는 조선 도공의 분위기가 느껴진다.

이십여 년 전 분원이 마주 바라보이는 이석리에 들어와 살며 백자를 제작해온 권대섭은 옛 분원 백자의 전통을 현대적으로 계승하고 있는 도예가다. 서울과 도쿄, 오사카 등에서 여러 차례 백자와 분청전을 가졌다.

경기도 광주의 분원리는 서울에서 가까운 데다가 풍부한 번목(燔木, 땔감용 나무)을 조달하기 쉽고, 도자기용 백토를 뱃길로 옮기기 편리해 조선조 주요 관요官窯로 각광받아왔다. 분원 일대의 번천리, 도마리, 금사리 등지에 걸쳐 순백자와 청화백자, 철화백자 들이 만들어졌다.

오랜 세월을 견뎌낸 석인石人의 미소
세중옛돌박물관

벗이여.

말〔言〕로 넘쳐나는 세상의 한나절을 나는 말없는 석인石人들과 마주하고 있습니다. 경기도 용인의 양지리 계곡을 따라 걸으며 그들과 말없는 대화를 나누는 것입니다. 그 무뚝뚝하면서도 따스하고 근엄하면서도 유머러스한 표정들이야말로, 문명의 뒤안길에서 우리가 잃어버리고 온 한국인의 모습이고 표정이라는 생각이 듭니다.

오랜 세월 비와 바람 속에 서있던 석인들의 얼굴에는 간혹 검버섯처럼 푸른 이끼들이 앉아있습니다. 세월의 무게가 앙금 되어 저처럼 예쁜 꽃모양으로 남아있는 신비라니요. 보일 듯 말 듯 내리는 가랑비에 젖어들면서 질박하고 수수덤덤하기만 한 그 표정들이 화사하게 살아납니다. 혹은 미소 짓고 혹은 속삭이며 혹은 잡아끄는 듯한 표정으로 다가오는 것입니다.

이름 모를 어느 석공의 무심한 정 끝에서 쪼아져 나왔을 저 수수덤덤하면서도 정겨운 모습들을 보십시오. 유럽의 이느 미술관에서 만난 거장의 유명 조각 작품인들 저처럼 말을 걸어오고 저처럼 마음으로 파고들 수 있을까요.

　　우리가 미술사에서 보아온 옛 그리스의 조각들은 단단한 대리석을 마치 밀가루 반죽처럼 주물러놓은 기교로, 보는 사람을 놀라게 합니다. 그 숨막힐 듯한 기교는 차라리 비인간적이어서 저것이 과연 까마득한 그 옛날 사람의 손으로 빚어졌다는 말인가 하고 감탄하게 되는 것입니다. 그러나 놀라고 감탄하면 할수록 그 조각들은 나와는 상관없이 저만치 떨어져 손댈 수도 없는 그 무엇들일 뿐입니다.

　　그러나 양지 계곡 구름 아래 소나무 곁에 무심히 서있는 우리의 벅수(장승)와 문인석과 동자상들은 다릅니다. 똑같은 돌조각들이지만 옛 석공들이 쪼아낸 그것들에는 체온이 흐릅니다. 한결같이 친근한 이웃의 표정을 하고 있습니다. 몇 번의 망치질 끝에서 생겨난 것들이지만 정겹기가 한량없습니다. 조형의 온갖 거추장스러운 요소들을 벗어버린 해탈의 모습들입니다. 우리 옛 돌조각의 신비가 아닐 수 없습니다.

　　바라보고 있노라면 어떤 것은 눈을 의심하게 할 만큼 현대적이기도 합니다. 그 단순성과 추상성으로 본다면 프랑스의 현대 조각가 브란쿠시의 작품을 방불케 하는 것도 있습니다. 《성서》에 하늘 아래 새

것이 없다 했거니와 과연 그러한 것 같습니다. 오늘의 미술이 새것이라고 내놓는 작품 중에는 빙빙 돌아 다시 옛것의 모습으로 된 경우가 많지요. 이 옛돌박물관에 와서도 나는 그러한 시간의 순환을 마음 깊이 느낍니다.

돌에 이처럼 체온과 호흡을 불어넣을 수 있었던 것은 본디 우리네 삶의 정서가 돌과 유리되지 않았던 데서 비롯되었기 때문이라고 생각합니다. 섬돌에 정갈하게 놓인 흰 고무신 한 켤레로부터 야심한 밤 또드락또드락 울리는 다듬이질 소리에 이르기까지, 생각해보면 우리네 살림살이 가운데 돌과 관련되지 않은 것이 없었습니다. 돌장승이 선 마을을 들어가보면 아낙들이 맷돌질, 절구질로 저녁거리를 준비하고, 사랑방에 머문 선비는 벼루에 먹 갈아 먼 곳에 사연을 보내는 것이지요.

그뿐이던가요. 이종철 전前 민속박물관 관장 말처럼 이승을 떠날 때면 캄캄한 저 세상을 돌장명등으로 밝힐 수 있다고 생각하여, 무덤 앞까지도 석등을 세워놓기 좋아하였던 것입니다. 예컨대 돌은 우리에게 삶의 동반자였습니다.

이 옛돌박물관은 개인 박물관으로는 그 규모가 적잖이 크지만, 그

질박한 돌가족상 무명 석공의 정 끝에서 나왔다고는 믿기 어려울 만큼, 단순하면서도 풍부한 표정의 석인상 중에는 현대 조각을 보는 듯한 착각을 주는 것들도 있다. 일본으로 유출되었던 석인상들이 얼마 전 되돌아와 한층 다양한 모습을 보여준다.

래도 우리네 장승, 동자, 문·무인석과 석수石獸에 석탑들까지 한자리에 모아놓기에는 부지가 좁아 보이기만 합니다. 본디 넓은 들판이나 동구에 세워졌던 것들이어서 더 그렇게 느껴질 테지만 말입니다.

어쨌든 못생겨서 더 정겹고, 다듬지 않아서 더 질박하게 다가오는 석인들 속에 있다 보면, 새삼 오늘의 변모해버린 우리 모습을 생각해보지 않을 수 없습니다. 그런 면에서 석인들은 무슨 선사禪師 같은 느낌이 들기도 합니다.

햇살이 떠오를 무렵의 아침 시간이나 음영이 깃드는 저녁 어스름, 그리고 오늘같이 가는 비가 내리는 날이나 달밤이면 계곡의 석인들은 한층 다양한 표정과 모습으로 다가옵니다. 희망찬 표정이거나 수심 깊은 표정, 당당히 호령하는 표정이거나 굳게 침묵하는 표정이 저마다 다른 빛, 다른 색으로 살아납니다. 학자가 있고 장군이 있으며 머슴이 있고 소년이 있습니다. 석인들의 세상이야말로 우리들 사람 사는 세상의 축소판 그대로인 것입니다.

눈이 어지럽게 돌아가는 빠른 세상입니다. 너나없이 바람의 구두를 신고 헤쳐온 세월들입니다. 넘쳐나는 소음 속에서 우리의 영혼은 잠시도 쉴 틈이 없었습니다. 정말이지 적막이나 고요라는 단어를 잊어버린 게 언제이던가요.

벗이여. 어느 한나절을 골라 흰 구름 머물다 가는 이곳에 와보지 않으렵니까. 저 꾸밈없이 진솔한 옛 사람들과 말없는 대화를 나누어

보지 않겠습니까. 석인들의 어깨 너머로 지나가는 바람 소리에 귀 기울여보지 않겠습니까.

　누가 알겠습니까. 혹 그런 한나절을 보내고 나면 그대의 삶 또한 저 석인의 표정만큼이나 한결 넉넉하고 여유로워질지….

세중옛돌박물관

2000~

전통 석물石物들을 모아 2000년 7월
1일에 개관한 세중옛돌박물관은 경
기도 용인시 양지면 양지리에 위치
하고 있다. 약 5500여 평의 부지에
87종, 약 6000여 점에 달하는 전통
석물이 전시된다.

　박물관 입구에 들어서면, 마을의 수호와 안녕을 지키던 장승과 솟대가 관람객
을 맞이하는데, 계곡을 따라 올라가면서 문인석과 무인석, 벅수, 귀여운 모습으로
나그네의 발길을 붙드는 동자석, 신당과 남근석, 그리고 연자방아와 디딜방아, 돌
절구 등 각종 생활 유물들이 관람객의 시선을 사로잡는다. 모두 13개의 전시관을
운영하고 있다.

문학의 숲에서 온 편지
이어령·강인숙

지금 와서 돌아보면, 나의 이십대는 늘 흔들림 속에 떠오릅니다. 아주 어렸을 적부터 주변에서 화가가 될 아이라는 말을 듣고 자랐는데, 문제는 문학 동네를 기웃대던 버릇이었습니다. 마구잡이로 책을 탐하던 버릇이었습니다. 그 시절의 어느 날 꾼 꿈이었을 것입니다. 혼자서 어떤 회색 건물 속으로 들어갔다가 그만 길을 잃어버리고 말았습니다. 거대한 도서관이었습니다. 책의 미로 사이를 한없이 헤매며, 그러나 나는 행복했습니다. 유난히 책에 허기지고 문학에 목마르던 시절이었기에 그런 꿈을 꾼 듯합니다.

어쨌든 굴곡 많던 그 시절의 회로 여기저기에서 책은 내게 투명한 빛을 던져주었습니다. 삶의 온도가 급격히 하강할 때, 정신의 황폐 속에 난민처럼 비참함을 느낄 때 그리고 죄와 싸운 심승의 시긴들마다 책의 빛, 문학의 향기는 조용히 내 몸속으로 들어와 부드럽

가을山과 大學

게 어루만지며 지나갔습니다.

섬처럼 외롭게 떠있는 삶 속으로 들어와 내 몸의 한 부분이 되어주었던 것이지만, 왕왕 주변의 현실주의자들은 그런 문학을 치명적인 병균처럼 오해했습니다. 문학의 병이 깊으면 쓰러지고 말 것이라고 저주하기까지 했습니다.

서른 살 무렵에 마침내 내 몸속으로 들어와 그 일부가 되었던 문학과 이별했습니다. 내 몸을 매고 있던 줄을 풀어 문학의 배를 푸른 안개 저편으로 떠나보내고 말았습니다. 그렇게 문학을 떠나보내고 나는 허허롭게 중년의 벌판을 걸어왔습니다.

가끔씩 떠나보낸 자의 쓸쓸함이 살갗을 파고 들어왔습니다. 이따금 문학이 떠나간 희부연 안개 저편의 바다를 향해 안타깝게 손짓하는 사내 하나를 나는 요새도 무연히 바라보곤 합니다.

평창동 산마루턱에 새로 들어선 한 작은 문학관을 찾아가면서 잊혀졌던 그 모든 문학에 대한 그리움이 왈칵 되살아났습니다. 저 사라지지 않는 갈망과 매력과 회오 속에 억지로 떠나보낸 스무 살 적의 연인에 대한 그리움이.

그렇습니다. 내게 문학에 대한 그리움은 억지로 떠나보내며 울었

가을산 머금은 문학관 만추晩秋에 흠뻑 젖은 북한산 산마루의 영인문학관. 작가의 정신을 오롯이 담고 있는 손글씨와 초상화 등이 문인의 예술혼을 생생하게 전한다.

던 연인에 대한 기억 같은 것이었습니다. 그러나 문학에 대한 그런 애틋하고 사무치는 느낌을 가진 것이 어찌 나쁜이었겠습니까. 지나간 시대에 나같이 외롭고 쓸쓸하게 스무 살의 강을 건너온 이들에게 문학은 그 강에 뛰노는 은빛 물고기 같은 것이 아니었던가요? 맑은 종소리와 구원의 햇살 같은 것이 아니었던가요? 물론 때로는 폐를 앓는 자의 기침소리 같기도 했고, 어둠 속에 웅얼거리는 음울한 목소리 같은 것이기도 했지만 말입니다….

레테의 강처럼 문학의 강을 건너오던 그 시절, 내 앞에 화사한 한 권의 책이 있었습니다. 색채가 빈곤하던 그 시절에 유난히 화사하던 장정의 책이어서 나는 화집처럼 그 책을 아꼈습니다.

《하나의 나뭇잎이 흔들릴 때》라는 명상적인 에세이집이었습니다. 표지의 화사한 색채보다도 언어의 화사함이 더했습니다. 한 장 한 장 넘길 때마다 가을 햇볕 사금파리처럼 반짝이던 언어들은 가히 '마술적'이었다고 기억됩니다.

언젠가 미술 인터뷰를 왔던 잡지사 기자가 화가가 되도록 영향력을 끼친 분이 있는가 물었을 때, 초등학생 때 담임 교사였던 여선생님 그리고 다른 한두 분과 함께 이어령 선생님이라고 한 적이 있었습니다. 화집 귀하던 시절에 《하나의 나뭇잎이 흔들릴 때》야말로, 문학과 예술의 연결 고리가 된 화집이었던 셈입니다. 문자의 시각화를 체험케 한 황홀한 책이었습니다.

문학의 향기는 꽃처럼 가을은 문학의 계절. 이 가을이 정신을 살찌우고 영혼을 어루만지는
문학의 계절이 되었으면 얼마나 아름다울까.

그 책 이후 나는 그 이름의 마지막 발음이 늘 곤혹스럽던 저자의 책을 여러 권 사보았습니다. 그리고 열서너 살적부터 그이는 나의 우상이 되어버렸습니다.

사람들이 천재라고 부르곤 하던 그이. 이어령 선생은 그러나 문학의 담 안에만 거주하는 이는 아니었습니다. 유난히 학연, 지연과 이념 그리고 사승師承으로 얽혀있는 우리 문화 예술계에서 선생은 처음부터 자유인이었고 강자였습니다. 누가 끌어주고 세워주어 강자가 된 것이 아니라, 낡은 흙담에 냅다 발길질하듯 새 바람을 일으키며 강자가 되었던 것입니다. 혼자 일어선 그이는 수많은 사람들, 특히 예인들을 일으켜 세워주었습니다. 이어령 장관 시절은 문화 예술인들이 신나던 시기였습니다. 그이는 음악·미술·무용·영화 가릴 것 없이, 힘이 되어주었습니다. 수많은 사람들이 아직도 후일담으로 그이의 이런 남모르는 헌신과 도움을 이야기하곤 합니다.

한국의 기 소르망(Guy Sorman, 프랑스의 유명한 칼럼니스트)이라는 사람도 있지만, 동서고금을 넘나드는 이어령의 문명 비판은 서구의 그 어떤 이론가와도 다른 맛과 빛깔을 담고 있습니다. 문학이 음습하고 고통스럽다고 알았던 내게 그이의 글들은 햇빛에 바싹 마른 흰 옥양목처럼 눈부셨습니다.

지금 찾아가는 문학관의 집주인이 바로 문학 천재 이어령 선생과 부인 강인숙 여사라는 사실은 참 각별한 느낌으로 옵니다.

강인숙 선생은 단아한 문학관 양옥만큼이나 단아한 분입니다. 이어령이라는 불세출의 천재와 더불어 살면서 은은한 미소와 향기를 잃지 않는 분입니다. 나는 선생의 모습처럼 단아한 문장 읽기를 참 좋아합니다.

영인문학관은 그 규모는 크지 않았지만, 이어령 선생 내외가 30여 년 동안 모은 손때 묻은 자료들로 박물관의 역할을 다해주고 있습니다. 더구나 개관 기념전이었던 '문인 초상화 104인 전展'이나, 문인의 글씨와 그림, 도예 작품 등을 모은 '문인 시각전'으로 문학관은 흡사 갤러리 같은 느낌마저 주었습니다.

이런 일련의 전시를 통해 글과 그림은 가깝다 못해 결국 하나라는 사실을 다시 깨닫습니다. 컴퓨터를 열면 무표정하게 쏟아져 나오는 전자우편과 전자문자의 시대에, 문인

영인문학관 마치 견고한 성처럼 지어진 내부에 들어서면, 문인들의 육필 원고ㅏ 편지, 문방사우 등 우리 문학을 주제로 한 다양한 전시를 볼 수 있다.

들이 먹 갈아 쓰고 그린 글씨와 그림들을 보니, 새삼 그이들의 곁에 서있는 듯 호흡과 체취가 느껴집니다.

이제는 유명을 달리한 한용운, 정지용, 김동리, 서정주 같은 이들의 체취뿐 아니라, 박완서나 김승옥 같은 우리 곁의 작가들 그리고 비르질 게오르규C. V. Gheorghiu나 루이제 린저Luise Rinser 같은 외국 문인들의 숨결이 고스란히 느껴지는 것입니다.

바야흐로 가을입니다. 평창동의 억센 뒷산은 지금 노랗고 붉은 만추의 색채를 잉태하며 꿈틀거리는 것만 같습니다. 언제부터인가 사람들은 가을을 책 읽기와 문학의 계절이라고들 불러왔지만, 이제 가을이 되었다 해도 더는 문학을 찾는 기색이 아닙니다.

앞으로 우리 아이들은 문학이라는 말 자체를 낯설어할지도 모릅니다. 그리움이나 연민, 기다림이나 외로움 같은 말을 쓸 일도 없을 것입니다. 코스모스 한들거리는 시골 우체국에서 연인에게 편지 쓰는 일은 더더욱 상상할 수도 없을 테니 참 쓸쓸한 일입니다.

그렇습니다. 사람들은 문학을 버렸지만 버리고 가는 그 뒷자리는 쓸쓸할 뿐이라는 것을 나중에야 깨닫게 될 터입니다. 이 가을, 문학을 버리고 혹은 잊어버리고, 떠나갔던 사람들이 떠나갔던 그 자리로 다시 돌아왔으면 하는 바람입니다. 창밖으로 나뭇잎 하나가 허공을 맴돌다 떨어지는 것이 보입니다. 바야흐로 가을입니다.

이어령
李御寧, 1934~

강인숙
姜仁淑, 1933~

문학 박사이자 문학 평론가인 이어령은 충남 온양에서 태어났으며, 서울대학교 문리과 대학 및 대학원에서 국문학을 전공했다. 1966년부터 1989년까지 이화여자대학교 교수로 재직했으며, 같은 대학 기호학연구소 소장을 역임했다.

〈조선일보〉, 〈한국일보〉, 〈중앙일보〉, 〈경향신문〉 등 주요 일간지의 논설위원으로 숱한 명칼럼을 집필했고, 1972년부터 1985년까지 〈문학사상〉의 주간으로도 활약했다. 주요 저서로는 《흙 속에 저 바람 속에》, 《신한국인》, 《축소 지향의 일본인》, 《디지로그》 등이 있다. 특히 《흙 속에 저 바람 속에》는 3대에 걸쳐 읽히는 최장 베스트셀러가 되었다.

역시 문학 박사인 강인숙은 건국대학교 교수를 역임했으며, 현재 영인문학관 관장을 맡고 있다. 수필집으로 《언어로 그린 연륜》, 《생과 만나는 저녁과 아침》, 《겨울의 해시계》 등이 있다.

서울 평창동에 세운 영인문학관은 이어령과 강인숙의 이름에서 한 자씩 따서 지은 이름이다. 작고 문인의 육필 원고와 유품은 물론, 현역 문인의 원고와 집필 자료 등을 전시하고 있다. 전시실과 세미나실, 서고 등을 갖추고 있다.

한국의 바르비종에서 만난 옛 사랑
미사리와 양평

흐린 겨울 오후입니다. 커다란 네모 유리창이 있는 미사리의 한 카페입니다. 창밖으로는 강 따라 날아오르는 겨울 철새들이 보입니다. 얼음 밑으로 흘러가는 차고 시린 물소리가 들려오는 듯합니다.

지난 가을 어느 저녁이었습니다. 이 길로 차를 달릴 때 이런 소리가 들려오는 것 같았습니다.

"어이 조금 쉬었다 가시게. 차나 한잔 들면서 창밖으로 흐르는 강물을 보시게. 통기타 소리를 들으며 떠나온 날들을 한번 되돌아보지 않겠나."

그날 삐걱이는 나무 계단을 올라 창가에 램프의 불빛이 번지는 한 카페에 갔습니다. 강이 바라다 보이는 창 쪽으로 몇몇 중년들이 앉아있었습니다.

강물처럼 흘러간 젊은 날들이 아쉬워 그곳에 온 사람들이었습니

강변의 미술인촌 남한강과 북한강을 따라 이어지는 촌락마다, 화가와 조각가들의 작업실이
들어차 자연과 미술의 만남이 이어지고 있다.

다. 질주하는 문명의 속도 속에 버려진 정신의 난민들처럼 그들은 그렇게들 모여있었습니다. 서울이라는 사막 도시에 정 붙일 곳 없어 내몰리듯 끼리끼리 와있었던 것입니다.

긴 밤 지새우고… 70년대 학번의 우수가 그곳에 있었습니다. 그날 그곳에서는 통기타에 실려 스무 해 전 신림동 녹두 거리에서 불리던 대학가의 노래가 불리고 있었습니다. '그립다', '외롭다'라는 말 대신에 지나간 날들을 그리워하고 외로워하는 사람들마다 그렇게 노랫말에 실려 푸르른 시절로 돌아가고들 있었습니다.

전에 미사리길을 달릴 때면 울긋불긋 즐비한 간판들이 영 미웠습니다. 거기에 1970년대 통기타 가수들의 이름이 저잣거리의 상품처럼 내걸려있는 것을 보면서, 내 20대 적의 자존심마저 구겨지는 느낌을 받았습니다. 어쩐지 서글프기까지 했습니다. 그러나 이제는 이해할 수 있었습니다. 낭만과 꿈이 사라져버린 이 속도와 광기의 시대에, 이곳이 그나마 중년의 해방구가 되고 있음을 알았기 때문입니다.

그렇습니다. 하던 일 밀치고 일어서서 하동 포구 물길 팔십릿길을 따라 걷기는 정녕 어려운 일입니다. 첫날밤 새색시의 풀어진 치마끈같이 흐른다는 섬진강을 찾기는 어디 쉬운가요. 꽃이 터지고 석간수石間水 흐르는 수류화개水流花開의 봄소식도 풍편風便의 소식일 뿐입니다. 바다 갈라짐의 저 신비한 해할海割을 찾아 무창포 가는 열차를 탄다는 것, 영일만 장기곶 해돋이를 보러 일어선다는 것, 말처럼 쉬운 일이 아닙니다.

어느 날 그곳에 가본 다음부터 나는 미사리에서 양평에 이르는 길이, 그런 행려行旅의 길 나서기가 쉽지 않은 서울 사람들을 위해 열린 간이역임을 이해하게 되었습니다. 먼 길을 떠나지는 못하지만, 가끔은 흐르는 구름이라도 보아야 하는 사람들이, 때로는 그 강 위에 떠오르는 저녁달 한번쯤은 보아야 하는 사람들이, 맑은 바람 한 줄기쯤을 마주하고 서야 하는 사람들이 찾아오는 곳 말입니다.

최루탄 연기와 데모 행렬 속으로 떠나간 날들과 희미한 옛 사랑의 그림자를 더듬는 사람들이 찾아오기도 한다는 것을 알았습니다. 나프탈렌 향기 묻어오던 '박하사탕'의 알싸한 맛처럼 추억의 토막토막들을 떠올리며 미사리로 온다는 것을 알았습니다. 거기에는 송창식과 양희은과 최백호와 이미배 같은 이들이 부르는, 한때 우리들이 스크럼 짜서 따라 부르며 사랑했던 노래가 있었습니다. 자욱한 최루 연기 속에 함께 부르던 노래, 텔레비전에서는 일찌감치 쫓겨나버린 70년대와 80년대의 가락이 있었습니다.

미사리부터 팔당호까지 음악으로 카페촌이 형성되었다면 강물 따라 이어지는 광주군 남종의 이석리와 퇴촌, 양평의 강하와 양서 일대는 미술로 형성된 작은 도시입니다. 누가 시킨 바 없건만 거의 자연 발생적으로 지난 십여 년에 걸쳐, 수많은 화랑과 도예 공방과 미술관들이 생겨났습니다. 많은 조각가, 화가, 도예가들이 서울을

벗어나 이 일대에 들어와 작업을 하자, 화랑이나 공방도 함께 생겨
났습니다.

　동서와 고금을 막론하고 미술은 자연과 영 동떨어져 살기 어려운
존재인가 봅니다. 아무래도 시멘트와 철근 구조와 인공 불빛 아래
그림 그리고 조각을 하는 일은 한계가 있는 것 같습니다. 지나치게
자연과 절연된 속에서 나온 예술은 인공이요, 억지로 갈 수밖에 없
는 까닭입니다.

　양평 일대로 미술인들이 옮겨와서 곳곳에 화가 마을, 도예가 마
을을 이룬 것은 그래서 참 자연스럽고 보기 좋은 일입니다. 어느덧
이 일대는 밀레를 비롯해, 많은 화가들이 모여 살며 작업하던 파리
근교 '바르비종Barbizon' 처럼 되어가고 있습니다.

라이브 카페 통기타, 청바지, 포크송… 우리가 잃어버린 것은 청춘이 아니라 문화인지도 모른다. 꽉 막힌 회색 도시를 벗어나 라이브 음악을 듣다 보면, 꽉 눌린 우리 생명력도 문화의 힘을 타고 숨을 터뜨린다.

비단 그림이나 도예뿐 아니라 글 쓰는 이며 연극인들도 숨어살 듯 이곳에 둥지를 틀고 사는 이들이 많습니다. 미사리에서 양평에 이르는 길을 한국적 문예부흥을 일으킬 한국의 '바르비종'으로 꾸미고 가꾸어야 한다고 생각하는 이들이 많습니다. 밀레가 〈만종〉을 그렸던 바르비종을 파리 사람들이 아끼고 사랑했듯이 말입니다.

그러길래 나는 이제 이곳이 좀 더 차분하게 문화의 앙금으로 남기를 기대합니다. 유럽 카페 문화에 예술과 철학이 짐잠해 문화의 꽃을 피웠듯, 독특한 미사리와 양평 문화가 꽃피우기를 기대합니다.

그냥 프랑스식 카페의 건물 모양이나 흉내 내는 겉멋이라면 곤란한 일입니다. 그리고 무엇보다 요란한 간판들을 격조 있게 정비해야 할 것입니다.

어쨌든 미사리에서 양평에 이르는 길이 서울 소시민의 문화 해방 구임은 분명합니다. 강물 따라 가면서 음악을 만나고, 그림을 만나고, 흙을 주물러 도예를 빚을 수 있는 서울의 소중한 숨구멍입니다.

어느 날 당신도 그곳의 카페에 앉아 70년대 가수의 통기타에 맞추어 나직이 허밍할 때, 정말로 나프탈렌 냄새 알싸한 '박하사탕'의 그 맛을 느끼게 될지도 모릅니다.

그리고 때로는 이런 노래들을 들으며 미망과 같았던 우리들 청춘에의 별사別辭를 삼을 수도 있을 것입니다.

> 언젠간 가겠지 푸르른 이 청춘
> 지고 또 피는 꽃잎처럼
> (…)
> 가고 없는 날들을 잡으려 잡으려
> 빈 손짓에 슬퍼지면
> 차라리 보내야지 돌아서야지
> 그렇게 세월은 가는 거야.

미사리와 양평

경기도 가평군 설악면에 있는 미사리는 북쪽으로는 홍천강이 흐르고, 동쪽으로는 장

락산맥이 위치한다. 또 남서쪽에는 청평호도 자리해 아름다운 자연환경을 자랑한다.

이곳에는 1990년대 중반부터 카페들이 들어서기 시작해 한때는 50여 개의 라이브

카페가 성황을 이루었다. 주로 하남시 팔당대교에서 미사리 조정 경기장 쪽으로 이

어지는 176번 국도를 따라 형성되어있는데, 1970~1980년대 포크 가수들의 공연이

열린다. 대부분 30~40대들이 찾아들지만, 최근 신인 가수들의 공연도 개최되면서

20대의 발길도 향한다고 한다.

　　남한강 두물 머리를 곁에 둔 양평은 화랑과 도예 공방들이 들어서면서 새로운

문화 중심지로 떠올랐다. 지금은 300여 명이 넘는 미술인들이 모여살면서 '양평 미

술가 협회'도 생겨났다.

닫다 黑흑

문명의 속도에 뒤처진 이 낡고 빛바랜 것들, 한때는 전부였으나, 지금은 기억 속에 유폐된 것들. 어둡고 닫힌 방으로 불러야 비로소 제 모습을 드러내는, 낡고 쓸쓸하되 아름다운 것들에 대한 회상.

간이역에서 나를 보다
곽재구

먼 북소리에 이끌려 나는 긴 여행을 떠난다….

무라카미 하루키 수필의 한 대목입니다. 어쩌면 나를 불러낸 것도 먼 북소리 같은, 먼 기적 소리가 아니었나 생각해봅니다. 지난날 저물녁이건 한밤중이건 기적 소리 같은 것이 들려올 때마다, 하던 일을 밀쳐두고 그 소리에 귀를 기울이곤 했습니다. 멀고 희미한 그 소리는 늘 내가 '그곳'에 가야 하는 이유가 되었습니다. 그리고 오늘 내가 남쪽으로 내려온 이유이기도 합니다.

생각해보면 기적 소리를 들은 세월이 아련하기만 합니다. 이미 그것은 사전에나 있는 '죽은 말'이 되어버린 것입니다.

세 냥짜리 통일호는 '효천역'을 지난 지 얼마 안 되어 작은 시골 역인 '남평역'에 나를 내려놓고 떠나갑니다. 뒤뚱거리며 다시 고만

고만한 작은 역인 '앵남역'과 '화순역'을 향해 가는 것입니다. 흐린 하늘과 흩날리는 눈발 속으로 멀어지는 기차를 바라봅니다. 내 청년의 날들도 저렇게 가버렸습니다. 다스릴 수도 방향도 없던 열정과 회오를 싣고 저렇게 떠나가버린 것입니다. 그렇습니다. 떠나고 남은 뒷자리는 모두 저처럼 회색입니다.

'남평역'. 사람들이 곽재구의 시 〈사평역에서〉의 그 사평역이라고 믿고 싶어하는 이 남도의 작은 역은 산사처럼 적막합니다. 이곳에는 귀향하는 발길도 없습니다. 실제 '사평'은 이곳 '드들강'의 남평역에서 멀지 않은 화순에 있는 지명이지만, 물론 그 사평에도 사평역은 없습니다. 남평역 앞뒷마당에는 잔가지만 무성한 커다란 벚나무가 역사를 덮고 있는 데다, 소나무·감나무·호랑가시나무며 측백나무가 서 있고, 화단에는 잎이 진 봉선화와 풍란이며 두란_{豆蘭} 같은 화초들이 심어졌습니다. 예향의 분위기를 이 작은 역에서도 느낄수가 있습니다.

막차는 좀처럼 오지 않았다.
대합실 밖에는 밤새 송이눈이 쌓이고
흰 보라 수수꽃 눈 시린 유리창마다
톱밥 난로가 지펴지고 있었다.
그믐처럼 몇은 졸고

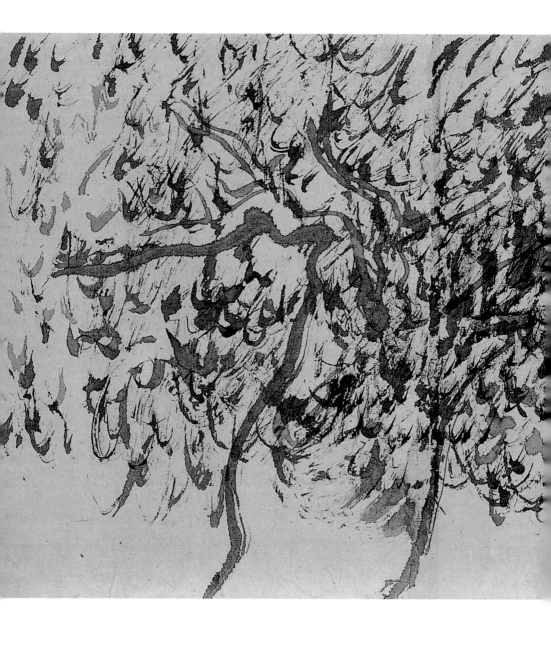

남평역에서 그 흔한 매점 하나 없는, 한적한 시골 마을 산기슭에 자리 잡은 70년 세월의 간이역. 기다리는 사람도, 떠나는 사람도 없는 이 아늑한 공간에서, 가난하고 누추한 삶의 풍경을 떠올려본다.

몇은 감기에 쿨럭이고

그리웠던 순간들을 생각하며 나는

한 줌의 톱밥을 불빛 속에 던져주었다

〈사평역에서〉의 구절을 떠올리며 나는, 작은 대합실에 앉아 뿌연 유리창 저편의 철로를 바라봅니다. 그 흐린 유리창으로 〈고엽〉이라는 샹송의 노랫말이 떠오릅니다.

나는 잊을 수가 없네. 그 모든 추억들, 회한들. 이제는 모두 고엽과 같은 것들….

Tu vois, je n'ai pas oublie… Les feuilles mortes se ramassent à la pelle, Les souvenirs et les regrets aussi….

그렇습니다. 간이역에 서있으면 누구라도 한번쯤 지나온 인생을 되돌아보게 됩니다. 처음에 나는 문학작품 속의 '사평역'을 찾아 기차를 탔습니다. 역장 혼자 대합실 톱밥 난로에 불을 붙이고 있는 역. 한 줌의 톱밥을 불빛 속에 던져줄 때마다 그림자가 함께 일렁이는 역. 실의에 잠긴 한 사내가 밀랍 같은 표정으로 그 불빛을 바라보고 있는 역…. 하루 몇 번 땅을 울리며 기차가 지나가고 나면 그뿐, 물처럼 고요한 간이역.

그러나 어딘가에 있을 것 같은 그 사평역은 《무진기행》의 '무진'처럼 현실의 지도로는 찾아갈 수 없는 곳이었습니다. 사평이라는 이름은 흔하게 널려있는 이름이었지만 사평역만은 이 나라 어디서도 만날 수 없는 역이었습니다. 작가는 사평이라는 현실의 이름을 빌려서 사평역을 안개와 바람의 저편에 숨겨버렸습니다.

나와 통화하면서 작가는 "'사람들이 사평역이 어디냐?'고 자주 질문을 한다."라고 말했습니다. 현대인들은 눈으로 확인되지 않은 상상의 세계를 견디기 어려워하는 듯합니다. 그러나 사실 첫사랑의 기억뿐 아니라, 문학의 공간 역시 상상 속에 그대로 남겨두는 편이 백번 좋습니다.

그런 점에서 사평역이 현실의 남평역을 슬몃 비켜서 안개 저편으로 멀어진 것은 다행입니다. 그만큼 상상의 여지를 남겨둔 셈이기 때문입니다. 문학이나 예술 속의 장소들이 낱낱이 햇빛 아래 그 모습을 드러내버리는 것처럼 끔찍한 일도 없습니다.

사람들은 대체로 떠나가서 다시 돌아올 수 없는 것, 손을 내밀어도 다시 붙잡을 수 없는 것들을 그리워합니다. 가버린 사랑뿐 아니라 가버린 세월 또한 돌아올 수 없는 것이기 때문입니다. 어쩌면 사평역을 그립게 떠올리는 이유도 아무리 찾아가고 찾아가도 현실로서는 만날 수 없는 공간이기 때문일 것입니다.

오늘도 도회의 뒷길을 돌아서고 있을 그대여. 그래도 오늘 나는 그대에게 사평역 아닌 남평역행 기차라도 잡아타는 여유를 갖기를 권유하고 싶습니다. 이 겨울 한번쯤 간이역으로 가는 기차로 갈아타고 어디론가 흔들리며 가기를 권하고 싶습니다.

그리하여 닿는 역 이름이 무엇이든 무슨 상관이 있겠습니까. 멈춰 서서 우리가 살아온 날들을 돌아볼 수만 있다면, 그리고 살아갈 날들을 바라볼 수만 있다면 그 이름이야 상관없을 터입니다.

당신도 혹 일상 속에서 먼 북소리처럼 마음을 설레게 하는 기차 소리를 들을 때가 있나요? 문득 하던 일을 밀치고 그 소리에 귀를 기울여본 적이 있나요? 이제는 사라져버린 그 희미하고 먼 기적 소리 같은 것으로 마음이 설레어본 적이 있나요? 그렇다면 아직 당신의 삶은 고엽처럼 메마르지 않았음을 의미합니다.

곽재구

郭在九, 1954~

전남대학교에서 국문학을 전공하고, 1981년 〈중앙일보〉 신춘
문예에 시 〈사평역에서〉가 당선되어 문단에 등단했다. 1980
년 5월 탄생한 '오월시'의 동인이며, 《오월시》 3집에 시 〈그
리운 남쪽〉을 발표했다. 첫 시집 《사평역에서》는 1983년 5월
초판이 발행한 뒤 10만 부가 팔리는 스테디셀러를 기록하고
있다. 우리가 흔히 지나치기 쉬운 일상의 삶을 아름답게 형상
화해 새롭게 일깨워주는 시 세계를 갖고 있다.

작품으로 시집 《사평역에서》, 《전장포 아리랑》, 《한국의
여인들》, 산문집 《내가 사랑한 사람, 내가 사랑한 세상》, 《곽
재구의 포구 기행》, 동화 《아기 참새 찌구》 등이 있다.

순천대학교 인문사회과학대 문예창작학과 교수로 재직
중이다.

진해에서 피고 진 남도의 화인畵人
유택렬

사랑하는 이여.

　오늘은 남쪽 도시의 이야기를 들려주겠소. 여섯 살 무렵이던가.
벚꽃놀이 떠난 엄마 손에 이끌려 낯선 도시 진해에 내렸다오. 눈 닿
는 데마다 벚꽃으로 뒤덮여 멀미를 일으킬 것만 같았지. 구름처럼
피어오르는 그 몽환적인 꽃나무 아래를 한도 없이 걸었던 기억이 나
는군. 그 길을 가고 또 가면, 어디엔가 피안의 세계 같은 것이 나올
듯했어. 하지만 어린 마음에도, 그 찰나적 아름다움이 주는 아련한
슬픔 같은 것이 느껴졌다오. 거리와 지붕과 담벼락마다 눈처럼 내려
부딪혀 소멸하는 그 순수하고 무잡無雜한 꽃잎들의 장례. 그 기억은
오랜 세월 동안 낙인처럼 가슴에 상처로 남아버렸다오.

　꽃잎에 상처 입은 자가 아니라 하더라도, 진해에 가려거든 부디
벚꽃 만개할 때만은 피하도록. 아름다움의 한가운데마다 마알갛게

고여있는 슬픔의 빛을, 혹 그대도 부풀어오는 그 꽃의 양감 속에서 언뜻 보아버리게 될지도 모르기 때문에.

진해에는 벚꽃 말고도 설화說話처럼 숨겨진 이름이 있습니다.

흑백다방. 벚꽃놀이 인파에 섞여 둥둥 떠다니다가 그 흑백다방에 들러 커피향 속으로 녹아드는 모차르트의 〈라크리모사(Lacrimosa, 눈물의 날)〉 한 곡 듣지도 않고 휑하니 올라와버린다면, 당신은 진해를 제대로 만나고 온 것이 아닙니다.

흑백다방. 화가 유택렬과 피아니스트 유경아 부녀의 집. 생전에 이중섭과 윤이상과 청마와 미당과 김춘수 같은 예술가들이 드나들던 사랑방 같은 곳. 음악 감상실이자 연주회장이었고 화랑이자 소극장이 되어왔던 곳. 50년이 다 되도록 물처럼 고요하게 그 거리 그곳에 그 모습 그대로 있는 진해 문화의 등대.

아버지는 삐걱이는 목조 계단에 올라, 그 집 2층 화실에서 평생 그림을 그렸고, 딸은 아버지가 일하는 동안 베토벤의 피아노 트리오곡을 연주하여 차향茶香처럼 올려 보내드렸던 곳. 그 사이 바람 불고 비 내리고 꽃잎 분분하게 날리며 세월이 흘러, 아버지는 홀로 그린 수백 점의 그림을 남겨둔 채 북청 고향길보다도 먼 하늘길로 떠나고, 이제는 홀로 남은 딸이 밤마다 아버지를 위해 헌정의 곡을 치는 곳.

당부하노니, 혹 그대 늦은 밤 그 집 앞을 지나가거든 그 집 창문으로 번져나오는 피아노 소리에 발길 멈추고 한번쯤 귀 기울여 들어

흑백다방 화가 유택렬과 피아니스트 유경아가 예술혼을 지핀 이곳은 진해 문화의 등대나 다름없다.

주기를….

고흐의 '아를Arle' 처럼 진해를 껴안고 사랑한 화가 유택렬. 일본식 목조 가옥 그대로인 그 흑백다방 2층 아틀리에에서, 창 너머로 맞은 편 장복산이 비안개에 잠기고, 진해 앞바다의 물빛이 눈부시게 푸르러질 때마다 두 눈이 짓무르도록 붓질을 멈추지 않던 그 사람. 그 잘난 중앙 화단이 그 이름 석자 위에 눈길 한번 주는 법 없었건만, 무심한 세월에 대하여 말하는 법 없었고, 허명虛名에 허기진 적 없던 크고 넉넉했던 자유인. 하나의 아름다움이 익어가기 위해서는 반드시 하나의 슬픔과 하나의 고독도 함께 깊어져야 한다고 믿었던 사람.

그 화가 유택렬이 흑백다방을 떠나던 마지막 날, 어느 시인은 그이의 관 위에 꽃 대신 이런 시를 놓았습니다.

남쪽 바다 보이는 구석진 흑백다방에서

늘 '부르흐' 바이올린 콘첼또를 듣던

그 커다란 화가

사람, 사람 중에 유별난 사람

사랑도 미움도

꽃다발처럼 안고

먼저 가신 분

색색의 꽃종이 속에서

은근한 묵향으로 피어나는

남도 조선의 고고한 화인畵人

우리들의 묵은 사랑과 함께

여한 없이 가시어라.

—김선길의 〈북청화인〉 중에서

　

　화가 유택렬에 대해 처음 들은 것은, 나와 같은 대학의 이병기 공대 교수로부터였습니다. 오래전 해군사관학교 교관으로 8년여를 진해에서 보낸 그이는 벚꽃처럼 만발한 통제부 길을 홀로 자전거를 타고 오가던 추억에 대해 이야기하곤 했습니다.

　어느 달 밝은 밤엔가 술을 힌진하고 그 벚꽃길을 가다가, 그만 자전거가 나무에 부딪히는 바람에 넘어졌다고 합니다. 그런데 누워서

화가 유택렬 예술가들의 보금자리였던 흑백다방을 인수해 2층에 작업실을 마련했다. 이곳에 평생 머물며 진해에서 작품 활동을 계속하던 그는 일평생 그린 수백 점의 그림을 남기고 떠났다.

벚꽃 사이로 성성하게 떠오른 별들을 보며 너무 아름다워 그만 울고 말았노라는 고백을 듣기도 했습니다. 그 진해를 말할 때면 그이는 늘 흑백다방과 유택렬, 유경아 부녀를 함께 말하곤 했습니다. 그리고 그 끝맺음말은 늘 이런 식이었습니다. "아름다운 곳, 아름다운 사람들이었습니다".

아름다움. 나야말로 반평생을 그 신기루를 쫓아 헤매다닌 사람이었습니다. 그러나 정작 아름다운 풍광 속에 산다는 그 아름다운 사람들을 찾아 떠난 남쪽 여행은 아주 뒤늦게야 이루어졌습니다. 진해에 함께 가기로 해놓고 우리는 이렇게 말하며 웃었습니다.

"가급적… 벚꽃 만발한 군항제 같은 때는 피하도록 합시다."

부산하고 들뜬 시간을 피해 늦은 밤 그곳에 도착하여, 경아의 〈대공大公〉을 듣는 맛이 일품이라는 이유이지만, 내게는 벚꽃 만발한 시간을 피하고 싶어하는 다른 이유가 있다는 것을 그이는 차마 짐작하지 못했겠지요.

안개비가 내리는 늦은 밤 흑백다방의 문을 열고 들어섰을 때 실내를 가득 채우며 퍼져가던 스트라빈스키Stravinsky의 선율. 생전 유 화백이 즐겨 듣던 곡 가운데 하나라고 했습니다. 그 음악 너머로 고인의 작품들이 빛과 색채로 넘실대, 내가 생각했던 흑백이라는 집 이름을 무색게 했습니다. 숫제 음악의 파편들이 존재들처럼 공간으로 떠다니고 있었습니다. 탁자 위로 천장으로 그리고 유 화백의 그림

위로 마구 부딪치고 부서졌습니다. 이 집에서는 음악과 미술이 서로 다른 이름이 아니었습니다.

우리의 늦은 도착에 맞추어 양산에서 올라온 시인 고영조 선생은 독학으로 그림을 공부했던 유 화백이 스트라빈스키와 말러와 하차투리안 음악 속에서 늘 클레와 몬드리안과 세잔의 빛과 색을 함께 본다고 고백하곤 했다고 말해주었습니다. 확실히 그의 추상화 속에서는 진해 바다의 깊고 푸른 빛과 그 바다에 내리는 새벽안개와 바람에 날리는 사월의 벚꽃이 숨 쉬고 있었습니다.

빗방울이 굵어지고 음악이 침울한 〈콜니드라이(Kol Nidrei, 나의 모든 서약)〉로 바뀌면서, 나는 자꾸만 흑백다방이 물 위에 떠있는 작은 배 같다는 생각이 들었습니다. 어쩌면 진해 자체가 커다란 호수 위에 뜬 섬 같기도 했습니다. 그 이름처럼 바다라기보다는 잔잔한 강의 포구 같은 도시. 일제는 이 풍광 좋은 바닷가 도시를 자신들의 이상 도시로 꾸미려고 중원, 북원, 남원에 방사형 길을 내고 도처에 사쿠라마치〔櫻町, 벚나무 숲〕를 조성했지만, 어느 날 이곳을 영영 떠나가야 했지요. 인생뿐 아니라 풍경 또한 누구도 영원히 소유할 수 없다는 것을 그들은 왜 몰랐을까요.

경아 씨가 아버지의 작품을 쌓아온 2층 화실로 안내하겠다고 했지만 나는 고개를 저었습니다. 그이가 남기고 간 그림들만은 내일 아침 두꺼운 커튼을 열어 진해 바다에 쏟아지는 햇빛과 맑은 바람을

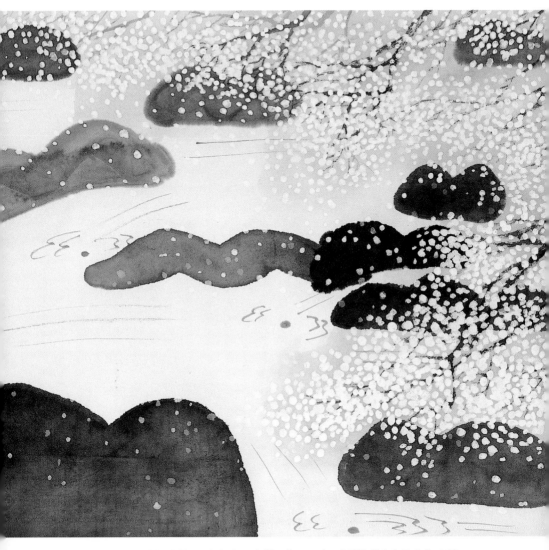

벚꽃과 진해 앞바다 잔잔한 물결과 멀고 가까운 섬들. 그리고 온화한 햇볕과 흩날리는 벚꽃
으로 4월의 진해는 강변 도시 같은 느낌을 준다.

맞아들여 보고 싶다는 생각 때문이었습니다. 그렇게 하는 것이 고인과 작품에 대한 최소한의 예의라는 생각 때문이었지만, 아틀리에에 올라가기 전 새벽바다를 찾아가 그 푸른빛 앞에 먼저 서고 싶은 까닭이기도 했습니다.

유택렬

柳澤烈, 1924~1999

함경남도 북청 출생으로 진해와는 해방 때 군 생활을 하면서 인연을 맺었다. 월남 越南 이전에는 이중섭, 유갈령, 한묵 등과 금강산 스케치 여행을 떠나기도 했다.

한국전쟁 때 월남해 진해에 정착했으며, 50년간 경남의 추상 미술을 선도해왔다. 초기에는 주로 한국전쟁의 참상을 그려내는 반추상적 형식의 '살경殺景' 시리즈와, 북에 두고 온 어머니에 대한 그리움을 다양하게 표현하는 작품을 발표했다.

하지만 1970년대부터는 샤머니즘적 민간 신앙에 깊은 관심을 갖고, '부적'이라는 주제를 통해 독자적인 예술성을 발휘했다. 평소 익힌 추사체와 전통적인 토속 신앙 세계를 특유의 미의식으로 재구성해, 독특한 양식을 구축했다.

유택렬이 운영했던 흑백다방은 많은 음악가, 미술인, 연극인, 시인이 작품을 발표해온 곳으로, 2층에는 그의 화실이 있었다.

흑백다방을 감싸는 꽃잎의 추모곡
유경아

> 거리를 거닐 때면 누군가 나를 납치해주기를 꿈꾸곤 했다. 내 등뒤
> 로 자동차 소리를 들으면서 '지금이야!' 라고 혼잣말을 하곤 했다.
> — 앙토넹 포토스키의 《청춘 · 길》에서

그렇습니다. 누구나 가끔은 지루하게 되풀이되는 일상으로부터 탈출하기를 꿈꿉니다. 그러나 그 탈출이 혼자 힘으로는 버거워 차라리 누군가로부터 도발되어지기를 바라는 마음이 되기도 합니다.

흑백다방에 홀로 남은 피아니스트 유경아도 오랜 세월 누군가가 자신을 그 어둑신한 공간으로부터, 햇빛 쏟아지는 저 눈부신 곳으로 데려다주기를 갈망했던 것은 아닐까 생각을 해봅니다. 스포트라이트 떨어지는 무대로 던져지는 환호와 장미 속에서 건반의 손길을 거두고 청중을 향해 허리를 굽히는 환상을 무수히도 가졌으리라고 말

입니다.

그러나 이제 떠날 사람 다 떠나가고 무인도 같은 흑백다방에 혼자 남아, 그녀는 더 이상 수평선 너머를 바라보지 않습니다. 쓸쓸히 웃으며 그녀는 말합니다.

아버지가 평생 지키신 이 공간이 이제는 제게도 육신의 일부가 되어버린 느낌입니다. 비로소 아버지의 그림과 음악에 젖어 살아온 이 공간을 떠나서는 살 수 없다는 것을 알았습니다. 평생 이곳을 한

흑백다방의 창 '창'은 외부와의 단절이자 소통의 수단이다. 유경아는 흑백다방의 이 창을 통해 세상과 만나고 사랑하며 이야기 나눈다.

발짝도 벗어날 수 없을 듯한 예감입니다. 이 공간에서 몇백 살은 먹어버린 느낌입니다.

선생님, 나의 발을 묶어놓았던 2층 화실에서 야심한 때 들려오던 아버지의 기침 소리마저 없는 지금, 나는 대체 무엇이 무서워 이 공간을 떠나지 못하는 것일까요….

영국으로 미국으로 세 번쯤 유학의 길에 나설 뻔한 적이 있었다

고 그녀는 고백합니다. "그때 뒤를 돌아보지 말았어야 했다."고 회상합니다. 흑백다방을 나와 뒤를 돌아보았을 때마다, 2층 화실에서 길 떠나는 자신을 물끄러미 바라보는 아버지를 보게 되었고, 결국은 다시 그곳으로 돌아오게 되곤 했다고 말합니다.

한때는 아버지가 돌아가시고 나면 자유롭게 떠날 수 있으리라고 생각했지만, 이 빈 공간에 홀로 남아 그녀는 오히려 이제야말로 이 공간을 지켜내야겠다는 모진 마음이 드는 것이 이상하다며 웃었습니다.

그녀는 얼마 전부터 사람들의 만류에도 불구하고 다방 한가운데 자신의 피아노를 놓았습니다. 당당히 이곳을 연주장으로 삼아 작품을 발표하겠다는 선언이기도 하였습니다. 다시는 헛되이 뉴욕과 빈과 잘츠부르크의 무대를 꿈꾸지 않고, 바로 이곳 흑백다방에서 피아니스트로서 삶을 불태우겠다는, 자기 자신에게 보내는 다짐이었습니다. 고향 진해를 바그너의 '바이로이트(Bayreuth, 바그너가 시작한 음악제로 유명한 독일의 도시)'처럼 만들겠다는 의지의 표현이기도 했습니다.

그녀는 또한 다방 한쪽을 카페 테아트르theatre로 꾸미고, 진해 극단 '고도'의 〈늙은 도둑 이야기〉나 〈들개〉 같은 수준 높은 작품을 공연하였습니다. 아버지의 흑백다방 1세대 분위기를 이어가면서도, 그 위에 새로이 자신의 색깔을 보태야겠다는 생각 때문입니다.

그러나 문득문득 여자 혼자서 이 공간을 앞으로 얼마만큼이나 잘

끌고 갈 수 있을까. 엄습하는 두려움 또한 어쩔 수 없다고 고백합니다. 아버지 유 화백에게는 어쩌면 저만치 물러서서 잔잔한 미소를 보내던 어머니가 계셨기에 그 많은 작품을 할 수 있었고, 이 공간 또한 지킬 수 있었다고 생각하고 보면 더욱 그러하다고. 두 분은 열세 살의 차이가 나는 데다가 우여곡절 끝에 뒤늦게 만난 사이였지만, 상대를 바라보는 그 눈길이 늘 그윽했다고 그녀는 회상합니다.

하지만 자신은 혼자인 데다가 서른여섯 살이나 먹었고 자신의 음악 세계를 알아주는 사람도 많지 않다고, 그녀는 쓸쓸히 웃으며 말했습니다.

"서른 여섯이 왜? 새로운 도약을 꿈 꿀 수 있는 가장 좋은 나이라고 생각되는데. 지탕(필터 없는 프랑스 담배)을 즐겨 피던 시몬 시뇨레가 새로운 사랑을 만났을 때도 그 나이 근처라는 것 알고 있나?"

말해놓고 나는 속으로 실소했습니다. 격려랍시고 들려준 말이 무슨 이 따위람 하는 생각 때문이었습니다.

사실 피아니스트 유경아의 음악 세계에 대해 나는 잘 알지 못합니다. 하지만 그녀가 중학생 적일 때부터 알아온 이병기 교수를 비롯한 주변의 시인, 음악가, 연극인들에 의해 나는 그녀가 비상한 재능의 소유자임을 알 수 있었습니다. 그녀는 소녀 적부터 거장들의 작품을 자유자재로 자기만의 음감音感에 의헤 그 내용과 형식을 해석해 표현해내곤 했다는 것입니다.

화가의 딸 아버지가 떠난 뒤 흑백다방을 이어받은 유경아는 이곳을 자신의 무대로 삼아 피아니스트의 삶을 살고 있다.

유 화백은 그러한 딸의 재능을 기대 반 걱정 반으로 바라보며 남몰래 한숨을 쉬곤 했다고 전해집니다. 깃털처럼 순수하고 어린아이처럼 천진한 기질, 그 위에 고독을 견딜 줄 아는 견고한 의지 같은 것이 그대로 아버지 유 화백의 판박이라는 말도 들려옵니다.

짧은 시간이지만 나는 하나 더, 그녀에게서 시인을 능가하는 글의 재능을 발견할 수 있었습니다. 그녀가 쓴 〈프레데리크 쇼팽의 환상곡 바단조에 관하여〉나 〈모차르트, 바람에 하늘거리는 가벼운 나뭇잎처럼〉 같은 음악 에세이들, 그리고 수년간 써왔다는 음악 일기에서 그 독특한 문장이 건반을 구르는 피아노 음들처럼 맑게 전해졌던 것입니다.

가와바타 야스나리(川端康成, 1899~1972)를 닮은 육십의 노신사가 허리를 굽혀 맞아준, 소나무 정원이 아름다운 금강호텔. 흑백다방을 나와 수십 년 된 이 규슈풍 여관에 묵으면서, 나는 진해 앞바다로부터 적군들처럼 밀려오는 밤바람을 보았습니다. 바람은 이 오래된 여사旅舍를 사납게 할퀴어 천장의 백열등마저 위태하게 흔들었습니다. 낮은 분분하게 날리는 벚꽃 속에 나른할 만큼 평온했지만, 밤은 전혀 다른 모습의 도시였습니다.

문득 모든 예술적 환상과 현실 사이의 차이란, 바로 이 도시의 두 모습 같은 것이라는 생각을 하였습니다. 그리고 그 아련한 예술적 환상과 매운 바람의 현실 사이에 홀로 서있는 피아니스트 유경아를 생각해보았습니다.

  지난해 7월 아버지의 추모 음악제 때 〈비창〉을 연주하다 피아노
앞에서 끝내 흐느껴 울고 말았다는 그녀. 예술적 스승이자 동반자였
던 아버지가 떠나버리고 유독 낯선 섬에 홀로 남겨진 듯한 느낌이
들곤 한다는 그녀. 나는 부디 그녀가 이 세찬 바람을 뚫고 평소 연주
해왔던 저 위대한 베토벤의 음악적 승리처럼, 이 적막한 남쪽 도시
에 삶과 음악의 깃발을 높이 펄럭여주기를 기원했습니다.

유경아
柳璟娥, 1965~

사진 | 김구연

흑백다방의 피아노 이 피아노는
흑백다방을 예술의 새로운 메카로
만들겠다는 유경아의 굳은 의지를
상징한다.

피아니스트. 50년 가까이 흑백다방을 지켜온
화가 유택렬의 딸로, 한양대학교 음대에서 피아
노를 전공했다.

창원 시립교향악단 등과 협연했으며 흑백
다방에서 여러 차례 개인 발표회를 가졌다. 베
토벤과 쇼팽의 음을 탁월하게 해석해낸다는 평
을 받고 있다.

흑백다방을 진해의 문화·예술 공간으로 발
전시키기 위한 노력을 계속해, '영화 음악과 올
드팝스', '작은 피아노 연주회', '연극 엿보기,
맛보기' 등 다양한 문화 공연을 기획하고 있다.

내 사랑의 열병은 깊은 자국을 남기고
오정희

벗이여, 오늘은 저 가을볕처럼 시간 속으로 사라져가는 것들에 대해 생각해보고 싶습니다.

우리 고향집에는 늙은 흔들의자가 하나 있습니다. 언제부터 그것이 그곳에 있었는지는 모르지만, 그 옛날 아버지는 그 흔들의자에 앉아서 바깥을 바라보기 좋아하셨습니다. 요즘이야 흔해빠진 의자이지만, 그때는 제법 귀한 물건이어서 우리들은 그 의자를 '아버지의 의자'라고 불렀습니다. 아버지가 돌아가신 후 한동안은 누구도 그 의자에 앉지 않았습니다.

그러다가 어머니가 그 의자에 앉기 시작했습니다. 의자에 앉아 옛날 당신의 남편과 함께 심은 마당의 감나무를 바라보곤 했습니다. 의자도 어머니처럼 늙어 삐걱거리기 시작하였습니다. 그 어머니마저 돌아가시고 난 후, 다시 누구도 그 의자에 앉지 않았습니다. 의자

청관의 추억 옛날 성시盛市 때 인천 만국공원 아래, 중국인 거리에서 보았던 사람들을 그림으로 한자리에 불러보았다. 그들은 지금 어디에 있는지….

는 너무 낡아 심하게 삐걱거렸을 뿐 아니라, 젊은 우리는 너나없이 바쁘게 살아 의자에 앉아 한가하게 마당의 감나무 따위나 바라볼 여유가 없었기 때문입니다. 저 의자가 아직 저기에 있네… 사람들마다 말은 그렇게 하였지만 차마 누구도 버리지는 못했습니다.

그런데 언젠가 고향집에 함께 내려갔던 아내가 그 의자에 앉아 마당 쪽을 향하고 있는 것을 보았습니다. 얼핏 그녀의 옆모습이 옛날 나의 어머니를 닮았다는 생각이 들었습니다. 어느 날 그녀와 나 둘 중 하나가 먼저 떠나고 나면, 누군가가 혼자서 또 저 의자에 앉아 있을까 하고 생각하였습니다. 인생은 그렇게 흘러가고 의자는 거기 그렇게 놓여있을 테지요.

중국인 소녀 색등이 휘황 찬란하고, 시끌벅적하던 중국인 거리를 걷노라면, 폐병 든 중국인
소녀를 만나곤 했다. 그녀에게서 조금 떨어져 바다를 그리면 어느새 곁으로 흘러들던 습습한
바다내음…. 풋풋한 설렘으로 다가오곤 했던 소녀를 그려보았다.

나는 지금 낙조의 사양斜陽을 받고 있는 인천의 중국인 거리를 걷고 있습니다. 중국인들이 모여산대서 청관, 화교촌, 차이나 타운, 중국인 거리 등으로 불리던 곳입니다. 서른 해 전 교복 차림으로 스케치북을 들고 자주 왔던 이 거리는, 고향집 의자만큼이나 나이가 들었습니다. 게다가 바다마저 해수병 앓는 환자처럼 쿨럭입니다.

색등色燈이 줄줄이 내걸리고 붉은 기둥에 휘갈겨쓴 한자들이 가슴을 설레게 하던 이 거리는, 밤이면 불빛을 받아 거대한 성채처럼 떠오르곤 하였습니다. 구정날 쏘아 올린 폭죽에 밤바다가 물들곤 했지요. 아편과 마작과 전족纏足한 여인네들의 비밀스러운 소문들마저 신비하던 곳이었습니다.

하지만 이제 그 청요리집 건물들은 페인트가 벗겨져나가고 거리는 폐광처럼 쓸쓸하기만 합니다. 내 기억에 '짱'이라고 불리던 폐병든 중국인 소녀가 그 거리에 살았습니다. 소녀는 화교 학교 오가는 쪽에 의자를 가지고 나와 앉아서, 늘 습기 찬 바다를 바라보곤 했습니다. 그런 그녀로부터 얼마큼 떨어진 곳에서 나는 바다 그림을 수도 없이 그려대곤 했습니다. 그러나 이제 그 그림들은 한 장도 남아 있지 않습니다.

잃어버린 그 옛날의 그림들 대신 나는 소설 하나를 읽으면서 그 거리의 풍경을 오롯이 떠올립니다. 단아하게 잘 지어진 한옥 같은 오정희의 소설 〈중국인 거리〉를 읽노라면 세월 저편에 흩어져있던

중국인 거리 폐렴에 걸린 소녀와 전족한 발을 뒤뚱거리던 여자, 가죽끈에 날을 세우던 남자가 있던 곳. 하지만 지금은 몇몇 옛 건물과 중국 음식점만이 남아, 그때를 증언하고 있다.

흐릿한 기억과 풍경들이, 마치 퍼즐 조각처럼 신기하리만치 맞추어지곤 했습니다.

"북풍이 실어 나르는 탄가루로 그늘지고, 거무죽죽한 공기", "해인초 끓이는 냄새", "벽에 매단 가죽끈에 칼을 문질러 날을 세우던 중국인", "햇빛이 밝은 날에도 한쪽 덧문만 열린, 어둡고 먼지 낀 듯 침침한 가게", "뒤통수에 쇠똥처럼 바짝 말아 붙인 머리를 조금씩 흔들며… 전족한 발을 뒤뚱거리면서" 걷는 여자들, "가게 앞에 내놓은 의자에 앉아 말없이 오랫동안 대통 담배를 피우다가" 사라지는 노인들….

화교 학교 쪽에서 내려오는 아이들 몇이 자기들 나라의 언어로 열심히 지껄이며 스쳐갑니다. 아이들의 그 모습만은, 아니 그 모습만이 옛날이나 다름이 없군요.

나는 문득 식솔들을 데불고 오래전 이 땅을 떠나버렸던 먼 친구의 생각을 해봅니다. 그이의 아이들도 저렇게 남의 땅에서 저희들끼리만의 언어로 말하며 외롭게 컸을 것입니다. 그리고 저희들끼리 이방의 언어인 한국어로 말할 때마다 난민처럼 바라보는 차가운 시선들이 또한 있었을 것입니다.

중국인 거리는 이제 나라 안에 남은 마지막 차이나 타운입니다. 우리 핏줄들이 먼 이국에서 '코리아 타운'을 이루며 살아왔듯이, 중국인들은 개항 이래 이 거리에서 뿌리를 이루며 살아왔습니다. 그이들을 위해서라도 나는 이 거리가 보호되어야 한다고 생각합니다.

중국인 거리에 오면 왜 고향집의 의자가 떠오르는지 모르지만, 꼭 그 삐걱거리는 의자 생각이 납니다. 그 늙은 의자가 아직도 고향집에 있듯, 이 거리가 아직도 남아있는 것에 안심이 되기도 합니다. 늙고 낡은 것들마다 제발 그 자리에 그대로 있어주었으면 하는 간절한 바람을 가져봅니다.

오정희

吳貞姬, 1947~

1968년 〈중앙일보〉 신춘문예에 단편소설 〈완구점 여인〉
이 당선되어 등단했다. 초기에는 육체적 불구와 왜곡된
관능, 불완전한 성性 등을 주요 모티프로 삼아, 타인과
더불어 살지 못하고, 철저하게 단절된 인물들의 파괴 충
동을 주로 그렸다.

1980년대 이후에는 중년 여성들을 주인공으로 내
세워, 사회적으로 규정된 여성의 존재보다는 본질적이고 근원적인 여성성을 찾는 작업
에 주력하였다.

이러한 작품 경향은 낯설고 유배당한 듯한 고독감을 그린 〈유년의 뜰〉, 여성의 정체
성을 찾으려 하지만 가족의 울타리를 벗어날 수 없어 갈등하는 여성의 삶을 그린 〈중국
인 거리〉, 여성 영혼의 복합 심리를 그린 〈별사〉, 신화와 생명의 공간인 우물을 통해 삶
과 죽음, 있음과 없음, 빛과 어둠, 그리움과 사랑의 관계를 그린 〈옛 우물〉 등에 잘 나타
나있다.

소설집으로는 《불의 강》, 《유년의 뜰》, 《바람의 넋》, 《옛 우물》 등이 있으며, 이상문
학상, 동인문학상, 오영수문학상, 동서문학상, 독일 리베라투르 상 등을 받았다.

전설이 되어버린 춤의 여인
최승희

이곳은 도쿄입니다. 도쿄에 오면 도쿄예술대학이 있는 우에노 공원 아래에 있는 소설가 모리 오가이의 집에 머무르곤 합니다. '모리장莊'이라 불리는 이곳은 문향文香으로 가득 찬 여사旅舍입니다. 값도 쌀 뿐더러 객실로부터 가벼운 유카다 차림에 나무 게다를 신고 들어가게 되어있는, 대욕탕이 있고 일본 근대 문학의 한 봉우리를 이루었던 모리가 대표작《무희舞姬》를 썼던 다다미방이며, 산책로가 고스란히 보전되어 문인과 예술가들이 자주 드나드는 곳입니다.

　호텔 입구에는 그의 커다란 동판 초상화가 문학 이력과 함께 붙어 있는 데다가, 문을 열면 일본식 정원 한쪽에 그의 흉상 조각이 세워져 작가의 기념관에라도 들어선 듯한 느낌을 갖게 합니다. 가와바타 야스나리가 머물며《설국》을 썼던 일본 북부 니카타현의 한 눈 많은 마을 다카한高半 여관의 '가쓰미노마(안개의 방)'처럼, 일본 남화풍의

산수 병풍이 둘러쳐진 모리의 방도 옛 모습 그대로입니다. 다다미 방에 앉아 문을 열어 소복하게 눈을 이고 서있는 중정의 소나무를 보는 맛이 일품인데, 일본 료칸(여관)의 이 정취 때문에 한사코 현대식 호텔을 마다하는 사람도 있습니다.

　일본 전역은 이처럼 기념의 처소들로 가득합니다. 특히 예술가의 자취를 기념비화하는 데 천재적인 재주를 가진 나라가 일본입니다. 가고 남은 예술가의 뒷자리들마다 쓸쓸하기 그지없는 우리로서는… 부러운 대목입니다. 전설적 무용가 최승희의 사부師父인 이시이 바쿠石井漠, 그의 기념관은 메구로구의 주택가에 있습니다.

세계를 그 날개 아래 품었던 새 어둡고 캄캄한 시대에 조선의 무희 최승희는 세계 무용계의 별로 떠올라 암흑의 반도에 빛을 던져주었다.

이시이 바쿠라는 일본 이름이 우리에게 의미 있게 다가오는 것은 그가 1920년대 일본의 전위적 현대 무용가라는 점 때문이기도 하지만, 바로 그로 인해 우리의 무희 최승희가 무용 인생을 제대로 펼 수 있었기 때문입니다. 사실 몇몇 사람의 구전口傳과 저술을 제외하고는 최승희라는 이름은 늘 안개 저편에 떠있었습니다. 안개 속에 떠있는 이름이어서 그 생애가 경이로우면 경이로울수록 그녀는 우리에게 실체로 다가오지 못합니다.

일찍이 피카소나 마티스Matisse 같은 화가와 로맹 롤랑Romain Rolland과 가와바타 야스나리 같은 작가 그리고 저우언라이周恩來 같은 정치가들이 그녀의 황홀한 몸짓에 사로잡힌 영혼들이었다는 것도, 이미 1930년대에 현대 무용의 대모 마사 그레이엄Martha Graham과 뉴욕 세인트제임스 극장에서 합동 공연을 했다는 사실도, 그리고 유럽 저명 국제무용경연에서 심사위원으로 활동했다는 것도, 미주와 유럽은 물론 중남미와 중국에 이르는 세계 전역을 돌며 초유의 기록을 세우는 공연을 했다는 사실도 우리에게는 그저 안개와 바람 속의 이야기들로 들릴 뿐입니다. 그녀가 무용연구소를 열었다는 남산 마루턱 어딘가에 조촐한 기념관 하나라도 서있던들, 이처럼 막연하지는 않았을 터입니다. 아쉬운 대목입니다.

1928년에 이시이 바쿠가 그 이름을 지었다는 '자유의 언덕'을 찾기는 쉽지 않았습니다. 햇빛에 푸른 나무들이 반짝이는 양지 바른 곳을 연상했지만, 나무는커녕 서울의 화곡동쯤 되는 골목 깊은 동네였습니다. 주소 하나만 들고 헤매다가, 고생도 팔자야 환쟁이 주제에 이 무슨 고역이람 하고 푸념하며 고개를 들어보니, '이시이 바쿠 기념 발레 스튜디오' 라는 간판이 코앞에 있었습니다.

담쟁이 덮인 골목의 3층 건물로 들어서는데 어디선가 막대기로 가볍게 마룻바닥을 치는 것 같은 소리가 들렸습니다. 소리가 나는 지하층으로 내려가니 발레복을 입은 어린 소녀들이 선생의 막대기 박자에 맞추어 몸동작을 하고 있었습니다. 이방인의 출현에도 눈도 깜짝 않고 소녀들의 몸은 뜨고 가라앉기를 계속하였습니다. 소녀들의 등 쪽으로 벽에는 이시이의 커다란 흑백 사진이 걸려있었습니다. 소설가 다자이 오사무太宰治를 닮은 수재형의 얼굴이었습니다.

1930년대의 이시이 바쿠 그와의 만남은 최승희가 세계적 춤꾼으로 발돋움하는 결정적인 계기가 되었다.

최승희는 메구로에 와서 이시이무용연구소에서 배우는 동안 무섭게 성장했고, 성장한 만큼 때로는 스승 이시이의 무용 방향에 대해 회의를 느끼기도 했으며 그런 심정을 오빠에게 편지로 알리기도 하였습니다. 최승희를 지도하면서 내밀한 갈등을 느끼기는 스승 이시이도 마찬가지였을 것입니다. 어쩌면 모차르트를 지도했던 궁정 악장 살리에리처럼 그도 최승희의 눈부신 재능을 착잡한 눈으로 보았을지도 모릅니다.

그럼에도 불구하고 스승과 제자는 서로 속내를 보이지 않았을 뿐 아니라 아끼고 존경하였습니다. 이시이무용연구소를 떠난 후 도쿄의 테이코쿠극장을 필두로 그녀는 유럽 전역과 미주 공연에서 이시이풍 아닌 최승희풍의 춤으로 엄청난 환호와 갈채를 받게 됩니다.

명상과 불교에 동과 서를 함께 끌어안은 최승희 춤은 곧 현대 무용의 한 유력한 사조가 되어버렸습니다. 이곳 이시이무용연구소야말로 그러한 위대한 탄생의 산실이었던 것입니다.

이윽고 박자 소리, 음악 소리가 끊기고 막대기 소리를 내던 선생님이 등을 돌려 나를 맞았습니다. 바로 이시이의 며느리 이시이 사나에石井早苗와 함께 이시이무용연구소를 이끌고 있는 이시이의 손자 이시이 노보루石井登였습니다. 할아버지인 이시이의 모습이 그의 얼굴에 음영처럼 깃들어있었습니다.

최승희 선생에 대해 들으러 왔다고 했지만 "아!" 하고서는 최 선생은 너무도 유명한 분이지만 유감스럽게도 자기는 선생에 대해 별로 아는 게 없다고 미안해했습니다.

이시이 노보루와 이야기를 나누며 이시이 바쿠의 며느리인 사나에早苗를 기다렸지만, 그녀는 창밖으로 어둠이 내릴 때까지도 돌아오지 않았습니다. 하긴 그녀를 만난다 한들, 알려진 것 외의 특별한 사연을 듣게 될 듯하지도 않았습니다. 막 자리에서 일어나 나오려는데 문이 열리며 스무 살이 갓 되었을까 말까 한, 발레복의 처녀 하나가 들어왔습니다. 그 모습을 올려보면서 나는 깜짝 놀랐습니다. 사진에서 본 최승희의 모습을 너무도 빼다박은 듯 닮아있었던 것입니다. 그런 말을 했더니 그녀는 흡사 발레의 한 포즈처럼 눈을 동그랗게 뜨고 두 무릎을 약간 굽히며 "그렇다면 영광이지요."라고 웃었습니다.

기나긴 주택가를 걸어 자유의 언덕을 내려오면서 나는 조석으로 이 길을 오르내렸을 우리의 무희 최승희를 다시 생각하였습니다. 아무래도 기적의 여자라고 생각할 수밖에는 없는 인물이었습니다. 신무용을 한다는 것을 남녀가 어울려 망측한 댄스를 하는 것이 아니면 기생이 되려는 것쯤으로 오해하던 시대에 세계를 그 몸짓으로 휘어잡은 여자였습니다. 식민지의 소녀로 태어나 두 개의 조국을 오가며 영욕의 삶을 살았던 여자였습니다.

최승희의 대표작 '보살춤' 동양과 서양의 춤사위를 결합한 그녀의 무대는 경이로움으로 가득찼다.

나는 걸음을 멈추고 다시 스튜디오 쪽을 뒤돌아보았습니다. 바라보고 있자니 그 언덕에서 무용복 차림의 최승희가 손을 들어 작별을 고하는 것 같았습니다. 하지만 여전히 푸르스름한 안개 저편의 모습이었습니다. 모처럼 그녀의 체취를 찾아 바다를 건너왔건만 여전히 그녀의 실체는 안개 속에 있었습니다.

부를수록 멀어지는 그 이름만 안고, 이방인은 푸르스름한 안개의 바다 같은 자유의 언덕을 내려왔습니다.

최승희

崔承喜, 1911~1969

서울에서 태어났으며 숙명여학교를 졸업했다. 1926년 오빠 최승일을 따라 경성 공회당에서 열린 현대 무용가 이시이 바쿠의 무용 발표회를 구경한 것을 계기로, 그의 연구생이 되어 일본으로 건너갔다. 1927년과 1928년 연이어 이시이 바쿠 무용단의 경성 공연에 출연하여 유명해졌으며, 1929 년 이시이와 결별하고 서울에 최승희무용연구소를 차렸다.

1931년 문학 운동가 안막安漠과 결혼했으며 1933년 이시이와 합류해 승무·칼춤·부채춤·가면춤 등 고전 무용을 현대화하는 데 성공했다.

1936년 자전적 영화 〈반도半島의 무희〉에 주연으로 출연해, 도쿄에서만 4년 장기 상영이라는 흥행 기록을 남겼다. 1940년 미국을 비롯한 남아메리카 대륙까지 진출, 세계적 무용가가 되었으며 조선·만주·중국에서 130여 회에 달하는 공연을 가졌다. 1944년 도쿄로 돌아와 24회의 연속 독무 공연을 함으로써 세계 최초의 장기 독무 기록을 세웠다. 광복 후 위문 공연을 했다는 이유로 친일 무용가라는 비판을 받았고, 남편 안막을 따라 월북했다.

1946년 평양에 최승희무용연구소를 설립, 조선춤을 체계화하고 무용극 창작에 힘썼으며, 1955년에는 인민 배우가 되었으나, 1958년 안막이 숙청당하자 연구소도 국립무용연구소로 바뀌었다. 그 뒤 《조선 민족 무용 기본》, 《조선 아동 무용극 기본》 등의 저서를 냈지만 1967 년 숙청당했다.

오래된 추억으로부터의 초대
장미의 숲

지음!

창밖으로 관악산 산그늘이 내리는 시간입니다. 고소한 크루아상에 커피 한잔이 아쉬운 시간이군요.

혹 앙리 레비Henri Lévy라는, 영화배우만큼이나 멋지게 생긴 프랑스 철학자를 알고 있나요?

오래전 일인데 어떤 잡지에서 역시 영화배우같이 생긴 여기자와 나눈 인터뷰기사를 본 적이 있습니다.

"당신은 어떤 때 행복을 느끼시나요? 길고 오래 걸려 어려운 논문을 끝내고 났을 때? 혹은 장미와 박수갈채 속의 대중 강연 끝에?"

그때 철학자가 말합니다.

"오래된 카페에서 연인과 함께 갓 구워낸 바게트와 커피로 늦은 아침을 들 때."

프랑스 철학자다운 말이라고 생각했습니다. 하지만 서울 같은 곳에서는 의외로 오래된 친구 같은 오래된 레스토랑에 가서 이런 식의 늦은 아침을 들기란 쉽지가 않습니다. 더구나 나 같은 중년의 환쟁이, 각체쟁이, 풍각쟁이들이 무시로 드나들며 예藝의 담론을 흐드러지게 펼친대도 눈총 받지 않을 만한 곳은 더더욱 쉽지가 않습니다.

사람들이 세월의 뒤안으로 스러졌던 학림이나 목마나 갈채, 69, 포엠 같은 찻집이나 주점을 아직도 못 잊는 것은, 그런 처소들에서 문학과 예술이 오롯이 피어나, 하나의 문예 역사를 이루곤 했던 까닭만은 아닐 터입니다. 오히려 그곳에 묻어있다가 시간 속에 하얗게 빛바래며 부스러기처럼 떨어져 나가는 추억과 인연들이 더 아쉬워서일 것입니다.

다시 서양 이야기라서 송구합니다만, 뮌헨의 오래된 레스토랑이나 호텔에는 한결같이 장미를 그려놓았습니다. 장미 한 송이가 그려지기 위해서는 하나의 집이 적어도 수십 년의 역사를 가져야 하는데, 여러 송이의 장미꽃이 그려지는 장소일수록 명소가 되고 문화가 되는 것이지요. 전혜린이 자주 갔던 카페 제에로제도 벌써 세 송이째의 장미가 그려진 지 오래입니다.

파리나 뮌헨만큼은 아니지만 내게도 젖은 날 오후 혹은 눈 내리는 날 밤이면 혼자 찾아가곤 하는 오래된 집이 하나 있습니다.

'장미의 숲'. 이제는 정말이지 장미꽃 하나쯤 그려주고 싶은 곳입

장미 오랜 시간을 견뎌온 레스토랑 '장미의 숲'에는 수많은 예술가들의 추억이 서려있다.

니다. 처음 그곳에 드나들었을 때 내게 스파게티며 커피를 날라다주던 노총각 미스터 황은 이제 육십을 바라보는 나이가 되어있습니다.

작가 김주영이나 김홍신, 시인 박환용, 성악가 박인수, 최덕식, 가수 김수철, 화가 송번수, 여운, 심명보, 조각가 신현중, 만화가 고우영, 언론인 정중헌, 배우 이영하 같은 사람들이 무시로 드나들어 왔던 '장미의 숲'은, 그러나 로버트 프로스트가 '숲은 사랑스럽고 어둠은 깊다'고 했던, 그런 숲속의 장미 화원 같은 곳은 아닙니다.

숲은커녕 이 메마른 사막 도시의 한 골목에 있는 오래된 레스토랑의 이름일 뿐입니다. 예술가들이 즐겨 찾는 곳이라는 것만 빼고 나면 별로 유명하지도 특색이 있지도 않은 집입니다.

그러나 일찍이 패티 김이나 장우 같은 가수가 그 집을 주제로 노래를 부른 이 양식당은 여러 번의 개발 바람이 쓸고 지나갔음에도 용케도 살아남아 나름대로 역사를 쌓아나가고 있습니다. 존 바에즈나 밥 딜런이나 김민기 같은 가수의 노래가 흘러나오는 이 오래된 식당에 가면 비록 연인과 함께가 아니더라도 1970년대와 1980년대의 추억들이 고스란히 살아나곤 합니다.

이 집을 드나들던 문학청년이나 화가 지망생들에게는 음악과 미술이 어우러진 그 오래된 공간이, 유난히 춥고 시린 1980년대에 집처럼 편안하던 곳이었습니다. 나 역시 이 집에서 원고 쓰고, 이 집에서 사람을 만나고, 물론 이 집에서 식사하기를 즐겨왔습니다. 이 집

식탁에 깔아주는 은색 장미의 커다란 종이가 좋아 그 위에 수없이 낙서하고 그림을 그렸습니다. 어쭙잖게도 서양이나 일본의 유명 예술가가 드나들던 장소를 흉내내어 소개하자는 의도 같은 것은 추호도 없습니다.

일단 식당은 차치하고라도 나는 그런 위인이 못되기 때문입니다. 단지 한 장소, 한 업종만을 고수하는 이런 집이 변화무쌍한 서울거리에 살아남아 있다는 것이 다행스럽고, 더구나 속절없이 흘러가버린 1970년대나 1980년대의 분위기를 고스란히 간직하고 있다는 것이 고마울 뿐입니다.

장미의 숲에 가려면 젊은이들이 모이는 카페 골목이라는 긴 골목을 지나야 합니다. 그 거리에는 배꼽티를 입고 활보하는 처녀 아이들이 있는가 하면, 착 달라붙은 바지에 한껏 멋을 내느라고 무스 칠해 빗어 넘긴 머리 모양을 한 이십 대도 보입니다. 예컨대 인생에 대해 회의하거나 주저하는 듯한 모습 같은 것은 찾을 수가 없습니다.

장미의 숲은 그 어지럽고 현란하게 스치는 아름다움을 모두 거쳐야 만날 수 있는 중년의 침묵 공간입니다. 이제 천장에 붙여놓은 판화가 송번수의 종이 부조 작품들에도 하얗게 먼지가 앉았습니다.

이 집을 주제 삼아 노래 불렀던 여가수도 환갑을 넘겼고, 그 삭막한 1980년대에 이 집에 모여 문학과 예술을 논하던 청년들도 반백의 나이가 되어 뿔뿔이 흩어져버렸습니다.

그래도 나는 장미의 숲의 칠이 벗겨진 벽이며 삐걱이는 나무 계단, 한쪽 귀퉁이가 떨어진 탁자가 정겹습니다. 그 집에 가 앉아있노라면 이제는 그 집이 오래된 옛 벗처럼 편안하게 느껴집니다. 오래된 등과 오래된 탁자와 삐걱이는 나무의자 같은 것들이 숨 쉬고 있음을 느끼게 됩니다.

문화가 많이 어지럽습니다. 그 어지러운 문화의 한 가운데 음식문화가 있습니다. 더는 견디기 어려운 것들 가운데 하나가 산천마다 차고 넘치는 울긋불긋한 식당 간판들입니다. 죽기 살기식의 강박적 식문화의 그 어지러운 간판들은 우리를 슬프게 합니다.

왜 우리는 고즈넉이 찾아가 조용히 흐르는 음악 속에 심신을 쉬다 올 만한, 그런 오래되고 친근한 장소 하나가 변변히 지키기 어려운 것일까요. 왜 조금이라도 옛것은 낡은 것이라고 치부하여 무너뜨리고 없애버려야 직성이 풀리는 것일까요. 왕조의 수백 년 역사를 머리에 이고 있건만, 왜 시간의 푸르스름한 앙금이 얹힌 거리며 건물들을 그토록 못 견디는 것일까요.

낡아도 좋은 것은 사랑만은 아닌 듯싶습니다. 늘 새것만을 좇는 우리 눈의 박덕한 습관과 싸워야 합니다. 꼭 프랑스 철학자의 행복론에 동조해서는 아니지만 봄비 내리는 어느 날 저녁쯤. 지음知音, 당신을 저 따스한 불빛 새어나오는 '장미의 숲'에 초대하고 싶습니다.

카페 장미의 숲 1980년대부터 많은 작가, 음악인, 화가, 시인들의 사랑방이 되어왔던 이곳은
개발 바람 속에서도 용케 남아 연륜을 쌓고 있다.

장미의 숲

서울 방배동의 카페촌에 위치한 레스토랑으로, 1976년 문을 열어 30년의 역사를 지닌 방배동의 명소다. 아름드리 수목과 예쁜 화분, 오래된 장미 판화들로 실내외를 아름답게 가꾸어, 이름 그대로 장미의 숲에 온 듯한 분위기를 연출하고 있으며, 예부터 수많은 문인과 예술가들이 즐겨 찾았다.

가수 패티김은 20여 년 전에 레스토랑 '장미의 숲'을 주제로 김준 작사·작곡의 〈장미의 숲〉을 불렀다.

그곳엔 언제나 장미빛 꿈결

그 님이 보고플 때 약속하던 장미의 숲

낮이나 밤이나 사랑의 물결

어쩌다 마주보는 사랑이 있네

살며시 스쳐가는 그녀의 옷깃엔

나를 부르는 장미꽃 향기…

베를린의 비밀 다락방
로호 갤러리

지음, 이런 말을 들어보셨나요?

"베를린에 가방을 두고 왔다.(그러니 가방을 찾으러 다시 그곳에 가
야 한다.)" 흔히 여행자가 이런 구실이라도 붙여서 다시 찾는다는 도
시가 베를린입니다. 그 베를린의 한적한 제젠하이머Sesenheimer 거리입
니다. 이 길을 돌아서면 저만치 '로호Roho'라는 입간판의 오래된 갤러
리 하나가 있었습니다. 실제로 지난 십여 년간 그림이건 화집이건,
하다못해 코트 하나라도 남겨두고 오곤 하던 곳이었습니다. 그리고
꼭 그 물건을 찾으러 가기 위해서는 아니었지만, 다시 그곳에 가곤
했습니다. 하지만 이제 그 창에는 두꺼운 커튼이 드리워있습니다.

희미한 불빛 새어나오는 그곳을 바라보다 천천히 발길을 돌립니다.
적어도 수년 내에 이 베를린에 다시 올 이유가 내게는 사라져비렸습
니다. 저곳의 주인은 한국인이었습니다. 어눌한 남도 사투리를 쓰는

오십 대의 남자였는데, 어쩌면 나는 갤러리보다도 그이와 정이 깊어 저곳에 다녔는지도 모르겠습니다.

갤러리는 그림엽서 속에서처럼 푸른 나무가 있고 하얀 건물이 있는 한적한 뒷길에 오래도록 그렇게 있었습니다. 내가 '있었다'라고 과거형을 쓰는 것은 이제는 그 갤러리가 없어지게 된 연고입니다. 며칠 전 뒤숭숭한 꿈을 꾸던 이른 아침에 전화 한 통을 받았습니다. 베를린에서였습니다.

"오늘부터… 문을 닫게 되었습니다."

주인의 목소리는 떨리고 있었습니다.

그날 나는 전화를 끊고 서재로 들어가 맨 아래 서랍을 열어보았습니다. 거기에는 누렇게 바랜 종이에 싼 묵직한 물건이 한 꾸러미 있었습니다. 세 개의 청동 열쇠. 십여 년 전에 주인이 내게 준 것입니다. 하나는 갤러리로 가는 중문中門 열쇠였고 하나는 작업실로 쓸 수 있는 옆방의 열쇠였으며 다른 하나는 침실의 열쇠였습니다.

"베를린에 오시면… 언제건 들어가 편히 작업하고 쉬다 돌아가라."는 주인의 배려가 담긴 열쇠였습니다. 베를린이 어디라고 그곳엘 그리 자주 갈 수 있겠습니까만, 주인은 내게 한사코 그 열쇠 꾸러미를 맡겼습니다. 가방 때문이 아니라 그 열쇠 꾸러미 때문에 그곳을 다시 찾게 되리라는 묵계가 주인과 나 사이에는 있었던 것입니다. 아직도 그이의 손의 온기가 남아있는 것 같은 열쇠 세 개를 나는 물끄러미 바라보았습니다. 생각보다 빨리 열쇠를 반납해야 할 시간이 되어버린 것입니다.

이상하게도 베를린에 가서 제젠하이머의 저 거리로 돌아설 때마다 늘 어스름한 박명薄明의 시간이었습니다. 저녁 무렵이어서 갤러리 가까이 살고 있는 주인네 들르기보다는 바로 이 열쇠로 문을 따고 들어가곤 했었습니다.

묵직한 문을 밀고 들어가 외투를 벗고 삐걱이는 나무 의자에 앉고 보면 참 고즈넉했습니다. 잠시 인생마저 내려놓는 듯한 아늑함이 있었습니다. 희끗희끗 벗겨진 벽의 하얀 페인트마저 반백의 지인知人을 대하는 것 같았습니다.

그곳에서는 특히 겨울이 좋았습니다. 아무도 찾아오지 않는 그 공간에서 나는 혼자 차를 끓여 마시고, 혼자 글 쓰고, 혼자 그림 그리며 며칠씩을 쉬곤 했습니다.

아침에 커튼을 젖혀보면 밤새 하얗게 눈이 내린 뒷마당 화단에는 어디서 날아왔는지 까마귀가 앉아있곤 했습니다. 그 하얀 눈 속의 까만 새는 이방인처럼 늘 외로워 보였습니다. 내게 그 갤러리는 지금은 사라져버린 고향집 같기도 했고, 가끔은 서방西方으로 가는 쪽문 같기도 했습니다. 그곳을 디딤돌로 하여 그림을 들고 러시아로 헝가리로 나가기도 했습니다. 하지만 이제는 모두 옛 이야기가 되었습니다.

서른 해 전, 달랑 가방 하나 들고 베를린에 왔던 갤러리 주인 노

바보 예수 1989년 로호 갤러리에서 개인전을 열었을 때 출품한 '바보 예수' 연작 가운데 하나다.

수강이 사무쳤던 것은 고국과 지인들에 대한 그리움이었습니다. 뒤늦게 베를린 예술대학에 적을 두고 다녔던 그는 혼자 있을 때면 그림을 그렸습니다. 그림 그리는 일은 언어였으며 대화였고 해갈解渴이었습니다. 아무도 모르는 독백 같은 그림 그리기의 시간을 오래 보내던 어느 날, 문득 이 독일 땅에 한국의 미술을 알려야 되겠다는 사명감 같은 것이 생겨났습니다. 마침내 그는 사재를 털어 집 가까이에 화랑을 하나 세웠습니다. 그리고 한국 성姓인 노씨의 독일 발음인 '로호'라는 이름을 달았습니다.

그가 갤러리를 열었던 세월 동안 적지 않은 미술가들이 그곳을 거쳐 갔습니다. 볼프 포스텔, 호스트 얀젠, 일리아 하이니시 같은 독일의 유명 미술가들은 물론, 미국과 프랑스, 러시아와 헝가리의 미술가들이 그곳에서 작품을 발표했습니다.

무엇보다 한국의 수많은 미술가들이 그곳을 드나들었습니다. 장상의, 정치환, 주태석, 박영하, 김명호, 강희수, 박종대, 양계남, 김수길, 임봉규, 이은산, 유연희, 정일, 손정례, 신장식, 김영욱, 윤효준, 조덕현, 김태정, 배성환… 같은 미술가들이 그곳에서 전시를 열었습니다. '에콜 드 베를린Ecole de Berlin', '에콜 드 로호Ecole de Roho'라고 불러도 좋을 정도의 미술가들이 그곳을 거쳐 갔던 셈입니다.

전시를 여는 틈틈이 노 관장은 한국의 음악이나 공연 예술을 부지런히 소개했습니다. 어느 해인가 그가 주관하여 베를린 시립미술관에서 있었던 한국 예술의 날, 행사에 왔던 총영사는 영사관에서 3년 걸려 할 일을 노 관장 일행이 3일 만에 해냈다고 치하하기도 했습니다.

나는 열두 해 전에 그곳에서 개인전을 가지면서 시립미술관에서 한국 미술에 대한 강연을 했는데, 그 인연으로 유명한 건축가 헤세 할아버지나, 미술 관장 링케, 그리고 화가 일리아와 신문기자 안야 같은 이를 만날 수 있었습니다.

실례의 표현이지만 내가 베를린의 암말(馬)이라고 놀렸던 미모의 기자 안야는 만나고 헤어질 때마다 어김없이 그 출렁이는 가슴으로 숨이 막히게 나를 포옹해주곤 하였습니다. 머리를 뒤로 질끈 묶고 다니던 소년 같은 얼굴의 링케 관장은 두 손을 번쩍 치켜 올리며 알아들을 수 없는 독일말로 얼굴 가득 웃음 지어 맞아주곤 하였습니다.

그러나 그 모든 추억이 묻어있는 문화원이자 화랑이었고 사랑방이자 여사旅舍였던 로호 갤러리가 이제 문을 닫게 된 것입니다. 로호 갤러리가 문을 닫는다는 소식을 받고서야 나는 그곳을 얼마나 사랑했는지 알 수 있었습니다. 그곳이야말로 어린 시절 비밀의 다락방처럼 마음 저 깊이에 숨겨둔 공간이었기 때문입니다.

전화를 받던 날은 종일 일손이 잡히지 않았습니다. 사람과 마찬가지로 추억의 장소에도 너무 정을 줄 일은 아니라는 생각을 했을 정도입니다. 갤러리 운영을 잘하여 이윤도 좀 남기고 씩씩하게 끌고 가지 못한 주인이 원망스럽기도 했습니다. 파리의 대로변에 버티고

로호 갤러리의 이방인 갤러리 한쪽에는 길 잃은 새끼 고양이 로호가 살았는데, 이방인이 찾아 올 때마다 뛰어나와 반겼다. 그 고양이는 이제 늙어서 노 관장의 살림집으로 옮겨졌고, 베를린 의 다락방이던 그곳도 문을 닫고 말았다.

선 일본인의 요미우리 갤러리 생각이 나기도 했습니다.

어쨌든 십수 년 동안 한국의 문화 영사관 구실을 톡톡히 했던 로호 갤러리와 이제 작별입니다. 그곳에 드나들던 수많은 유럽인들에게 한국의 미술, 한국의 문화를 알 수 있게 했던 저곳이 그 수명을 다한 것입니다. 하지만 허전한 마음을 거두고, 떠나보내야 한다면 아름답게 보내는 것이 좋다고 생각했습니다.

옛 로호 갤러리 앞에서 발길을 돌리며 나는 내 젊은 날의 한 토막도 뭉텅 떠나보내기로 했습니다. 시 한편을 떠올려 별사別辭를 삼으며 이곳을 떠나갑니다.

전송하면서 살고 싶네
죽은 친구는 조용히 찾아와
봄날의 물속에서
귓속말로 속삭거리지
죽고 시든 것은 물소리 같다고
그럴까, 봄날도 벌써 어둡고
그 친구들 허전한 웃음 끝을
몰래 메우네

— 마종기의 〈연가 9〉 중에서

노수강

盧守剛, 1944~

1970년대 베를린에 와서 베를린 예술 대학 석사 과정을 마친 뒤 패션 디자이너와 화가의 삶을 살았다. 패션 디자인 발표회를 비롯해 베를린·서울·광주 등지에서 개인전을 가졌다.

1985년 로호 갤러리를 세워 '7인의 독일 대표 작가전' 등 유럽 작가들의 전시회와, 한국 미술가의 개인전 및 그룹전을 열었고, '동방의 빛', '한국 여성 작가전' 같은 전시회를 기획해, 독일은 물론 유럽의 여러 지역에 한국 미술을 소개하였다.

로호 갤러리에서 열린 '바보 예수' 전시회 이곳은 한국 미술을 유럽에 알리는 중요한 통로였다.

모든 곳에는 사람이 깃든다
이용상

지음.

　사람들은 오래된 집과 거리를 못 잊어합니다. 사람들이 오래된 장소를 못 잊는 까닭은 어쩌면 그곳에서 만나고 헤어진 인연들을 못 잊기 때문이겠지요.

　용금옥. 그 허술한 한옥의 마당 깊은 집을 유독 못 잊어하는 사람들 역시 저마다 잊을 수 없는 그 집에 대한 추억을 지니고 있어서일 것입니다. 원로 시인 이용상도 그런 사람 중의 하나입니다.

　어느 날 그에게 일본에서 편지 한 통이 날아왔습니다. 발신지는 오사카 근처의 한 작은 도시, 수신인 주소는 '대한민국 서울시 중심부 용금옥'이라고만 되어있었습니다. 시인이 노포老鋪 용금옥의 단골손님이라는 것을 알고 동명洞名도 번지수도 없이 보낸 편지가 배달되어온 것입니다.

시인은 30년 전, 한 재일 동포를 그 집에 초청하여 음식을 대접한 적이 있었습니다. 그 고마움과 음식의 맛을 잊지 못한 그이가 어느 날 한국 음식을 소개한 책자를 펼쳐보다가 불현듯 옛정이 그리워 편지를 보냈던 것입니다. 지금도 용금옥이 그대로 있을까, 그 옛날 저녁을 함께 나눈 그 시인은 그대로 살아있을까 궁금해하면서….

시인은 돌고 돌아 자신을 찾아온 그 편지를 읽으며 왈칵 뜨거운 눈물을 쏟았습니다. 문득 자신과 함께 늙어가는 용금옥이 오랜 지기 知己와 같다는 생각을 하게 된 것입니다.

일흔 살이 넘은 용금옥에 관한 일화 중에는 이런 것도 있습니다. 지난 1972년 남북 조절위의 제3차 회의를 위해 서울을 찾은 당시 북한의 박성철 부총리는 남한 대표에게, 지금도 용금옥이 무교동 그 자리에 있느냐, 용금옥의 추어탕 맛을 보고 싶다고 했다는 것입니다. 유명한 요정도 화려한 한식집도 아닌 이 허름한 추어탕집이 우리 근현대사에서 이처럼 빼놓을 수 없는 명소가 된 이유는 그 집에 출입했던 쟁쟁한 인사들의 면면 때문입니다.

문인 변영로와 정지용, 오상순과 김팔봉, 구상, 유진오, 선우휘, 정치인 조병옥, 그리고 코주부 김용환 화백, 화가 김병기, 음악가 이영세, 전설적 통역관 김동석, 지휘자 임원식, 연극인 박진, 영문학자 김정옥, 여석기, 대한민국 종군기자 1호 박성환, 기인 포대령 이기련, 언론인 이관구, 홍종인… 그 집과 인연을 나눈 이들은 이루 헤아

한 시대를 풍미했던 예술가들 용금옥에는 문학·음악·미술·연극과 언론 그리고 정치에 이르
기까지 수많은 인물들이 사랑방처럼 드나들었다. 《용금옥 시대》는 그러한 인물들의 면면을 그
려낸 인물지다.

릴 수가 없습니다. 이 수많은 인물들과 더불어 용금옥에서 겪은 비사와 애환을 엮어, 일찍이 시인 이용상은 《용금옥 시대》(서울신문사, 1994)라는 책을 썼습니다.

《용금옥 시대》. 그렇습니다. 어떤 이에게 추어탕집 용금옥은 하나의 역사이자 문화사였습니다. 지은이는 분명 역사를 기록하는 심정으로 《용금옥 시대》를 썼던 것입니다.

나는 《용금옥 시대》을 어떤 소설책보다도 더 재미있게 읽었습니다. 재미있지만 그것은 단순한 맛 기행이나 음식점 이야기가 아니었습니다. 그것은 우리 근현대사를 움직였던 한국 인물지였습니다. 시인이면서 언론인답게 저자는 용금옥에 얽힌 이 나라 인물들의 비사를, 사실에 입각하여 낱낱이 기록함으로써, 한국 근현대 인물 야사 하나를 엮어냈습니다. 한잔 술에 거나하게 취한 명사들의 거칠게 튀어나오는 육두문자와 우국과 울분의 고함소리들이 생생한 육성으로 기록된 것입니다.

용금옥이 무슨 거창한 요정이 아닌 싸구려 추어탕집이라는 것만으로도, 우리나라 근현대 문화와 정치사를 수놓은 걸출한 인물들의 낭만적 면모를 엿볼 수 있습니다. 그와 함께 정치가 문학 혹은 문화와 오늘처럼 동에서 서가 먼 것처럼 그렇게 멀지 않고, 그 집에서 한 통속으로 어울렸다는 것도 흐뭇한 일이었습니다.

지음, 사라져버리는 것은 늘 우리를 슬프게 합니다. 이 유서 깊은 왕조의 고도 서울만 하더라도 사연을 지닌 거리며 건물들이 속속 사라져 도시의 음영이 지워지는 것이 나는 늘 안타깝습니다.

이제는 묵은 음식점도 하나둘 자취를 감추어버렸습니다. 안암동의 곰보집, 신설동의 형제추탕과 이문설렁탕, 명동의 사철집과 부민옥 그리고 낙원동 이조떡집 같은 집들도 간판을 내렸거나 다른 업종으로 전환할 채비를 차리고 있습니다.

맛(味)은 멋(美)과 통한다 했던가요. 서울의 맛이 사라지면서 서울의 멋도 한 귀퉁이씩 사라져버리는 것 같은 느낌입니다. 바야흐로 세월과 더불어 그 맛이 우러나오던 고유한 맛집들이 내몰리고 그 대신 외국의 맛들이 서울을 점령해버린 지 이미 오래인 것입니다. 서글픈 일입니다.

용금옥은 이제 서울에 남아있는 몇 개의 노포 가운데 하나입니다. 그곳에서 시와 예술과 나라와 민족을 논하던 카랑한 목소리의 주인공들은 이제 뿔뿔이 흩어져버렸습니다. 이곳을 무대로 드나들던 당대의 명사들 가운데는 이제 저 세상으로 떠난 이들이 많습니다. 전설의 안주인 홍기녀 할머니도, 그 부군 신석숭 할아버지도 세상을 떠났습니다. 사람은 가고 용금옥만 남아있는 것입니다. 그 용금옥의 주방은 이제 열여섯 나이에 홍 할머니를 만나 50년 세월을 지켜온 윤재순 할머니와 며느리 조인옥 씨에게 이어졌고, 지금은 맏손주 며느리 오경식 씨가 지키고 있습니다.

추적추적 비가 내리는 오후 나는 무교동을 거쳐 용금옥을 찾아갑니다. 예나 이제나 이 자리는 이 나라의 문사文士들의 출입이 많은 곳입니다. 광화문 지하로를 중심으로 대한민국에서 가장 빨리 뉴스가 깔리는 곳입니다. 내일 뉴스가 뿌려지고 나면 어둑신해지는 거리에 기자들이 하루치의 피로를 털어내며 몰려드는 곳입니다.

그러나 옛날처럼 문인과 화가와 기자들이 함께 어울려 도도한 주흥을 돋우는 그런 분위기는 아닙니다. 이제는 일본 관광객들이 북적대는 이 거리에 유독 일식집이 많이 눈에 띌 뿐입니다.

용금옥은 그 많은 횟집과 초밥집 속에 옛 모습 그대로 변함없이 서있습니다. 인정도 변하고 풍경도 변하건만 비바람 속에 서울의 한 모퉁이를 지키며 서있는 것입니다. 이용상 선생도 가고 없는 자리, 이제 누가 다시 용금옥의 역사에 대해 말하게 될까요.

이용상

李容相, 1924~2005

서울에서 태어나 고려대학교 국문과를 졸업했다. 육
군 대령으로 예편하여 문화공보부 예술국장, 공보부
공보국장 등을 역임했고 독립유공자 건국훈장, 국가
발전 공헌 대통령표창 등을 받았다. 시집으로 《내가
만든 사막》, 《아름다운 생명》이 있고, 그 외에 《분노
의 계절》, 《분노의 태양》 등을 썼다.

　　수십 년간 '용금옥'을 단골로 드나들면서 용금옥을 거쳐간 인연과 사람들을
다큐멘터리 《용금옥 시대》로 남겼다. 《용금옥 시대》는 '한국근대인물비화'라는
부제에 걸맞게 근·현대 한국의 문인, 언론인, 정치가 등 용금옥을 드나든 수많은
인물의 이야기를 다루고 있다. 용금옥은 지금의 무교동 코오롱 빌딩 자리에 있다
가, 지금은 길 건너 다동으로 옮겨왔다.

　　용금옥이라는 이름에는 '금이 솟아나는 곳'이라는 뜻이 담겨있으며 1930년
대부터 춥고 배고픈 사람들의 아늑한 보금자리였다. 서울에 살던 문화 예술인이
나 언론인 가운데 이곳을 모르는 이는 간첩이라 할 정도였다. 또 5·16 군사 쿠
데타 직후에는 야당 인사들의 집합소로 쓰이기도 했다.

김병종의 모노레터
화첩기행 네 번째

지은이 김병종

2006년 12월 8일 1판 1쇄 인쇄
2006년 12월 15일 1판 1쇄 발행

펴낸곳 효형출판
펴낸이 송영만

편집 안영찬, 박재은, 김금희, 이혜원, 강초아, 신두영
디자인 남미현, 김미정
책임영업 정광일, 심경보
관리 임건미

디자인 자문 최웅림

등록 제 406-2003-031호 | 1994년 9월 16일
주소 경기도 파주시 교하읍 문발리 파주출판도시 532-2
전화 031·955·7600
팩스 031·955·7610
홈페이지 www.hyohyung.co.kr
이메일 booklove@hyohyung.co.kr

ISBN 89-5872-036-0 04810
       89-5872-010-7 (세트)

값 15,000원

사람은 갔어도 그 발자취는 영원하다

김병종의 화첩기행

첫 번째 | 예의 길을 가다

348쪽 | 전면 컬러 | 19,000원

문학, 미술, 음악, 창매, 서커스까지 우리 예인들을
불러냈다. 삶의 무게를 노래 속에 실어보낸 이난영,
한국 영화의 등불 나운규, 시대를 앞서간 신여성
나혜석 등 침묵의 돌에서 풍화한 예술혼을 되살렸다.

두 번째 | 달이 뜬다 북을 울려라

352쪽 | 전면 컬러 | 19,000원

우리 역사에서 숨겨진 예인 스물다섯 명의 삶!
조선 후기 서단을 이끈 서예가 이삼만, 근대 여명기의
최고 여배우 이월화, 안성 남사당패의 명인 바우덕이 등
그들의 치열한 '쟁이 정신'은 읽는 이를 숙연케 한다.

세 번째 | 고향을 어찌 잊으리

220쪽 | 전면 컬러 | 16,000원

독일, 러시아, 중국, 일본 등 세계 각지에서 활동한
우리 예인 14인의 행적을 담았다. 우수와 광기로 생을
지핀 천혜린, 중국 영화사의 별 김염, 일본의 조선 도공
이삼평 등 이국에서 꽃을 피운 이들에게 바치는 경배.

만물에 혼을 불어넣는 휴머니즘과 생명의 붓질!

김병종 화집 I

바보 예수

176쪽 | 전면 컬러 | 15,000원

이 유머러스하고 혹은 바보스러운 성인聖人의 모습에는
인간에 대한 뜨거운 애정이 담겨있다. 어떤 규범에도
얽매이지 않는 과감한 필체로 휴머니즘을 회복해낸다.

김병종 화집 II

생명의 노래

272쪽 | 전면 컬러 | 18,000원

어린아이, 새, 물고기, 꽃, 소나무 등 산업화로 잊혀진
어린 시절의 자연을 되살렸다. 만물의 화합을 꿈꾸는
화가의 바람이 역동적인 화폭 속에 펼쳐진다.